「ここが、伊月が住んでいた街……」
JN034861
雛子と二人で
商店街をお忍びデート！

「ようこそ、大衆食堂
ひらまるへ!!」

友成伊月

ともなりいつき

雛子のお世話係を務める
一般庶民。
雛子の提案で、久しぶりに昔
住んでいたアパートに戻ることに。

平野百合

ひらのゆり

世話焼きな伊月の幼馴染。
恋愛感情がわかっていない
雛子を心配している。

「うん、やっぱり
百合が作った料理は美味いな」

「とても美味しいです。
本当に美味しい
……………うまぁ」
とんかつ定食
ハンバーグ定食
そば定食
天ざる定食
此花雛子
このはなひなこ
表向きは品行方正だが、
実は怠け者なお嬢様。
『好き』という言葉に
お悩み中。

「……あまり
見ないでください」

基本的に静音さんは
常にメイド服を着ているので、
それ以外の服装に
身を包んでいる姿は貴重だ。
可愛らしくてふわふわした感じの
部屋着を好む雛子と違って、
静音さんはシンプルな
スウェットを着ていた。

鶴見静音
つるみしずね
雛子のお世話や、
伊月の面倒を見る
完璧メイド。

才女のお世話 5

高嶺の花だらけな名門校で、学院一のお嬢様（生活能力皆無）を陰ながらお世話することになりました

坂石遊作

HJ文庫
1064

口絵・本文イラスト　みわべさくら

contents

◆ ◆ ◆

saijo no osewa

story by yusaku sakaishi
illustration by sakura miwabe

プロローグ

夏休みも残り十日ほどとなった。

普通の学生なら長い休暇の終わりに気怠さを感じる頃だが、俺は正直それどころではない。ただでさえ色々無茶をして上流階級たちの学び舎――貴皇学院に通っているわけだから、夏休みの終わりが近づくにつれ、少しずつ緊張感が蘇ってきた。宿題はちゃんとやったか、気は緩んでいないか、自問自答の回数が増えてくる。

とはいえ、学院の再開を楽しみにしている自分もいた。

雛子たちの隣に立っても自然な人間になりたい……そういう目標があるからだが、その気持ちの後押しをしたのは夏期講習での一件だ。

夏期講習の試験で、俺は高い成績を残すことができた。

あれは本当に嬉しかった。少しずつだが、確実に努力が実を結んでいる。

「……よし！」

というわけで、俺は今日も学院再開に向けて予習と復習を進めていた。

勉強するべき分野はまだまだたくさんあるが、今一度気を引き締めなければならないのはマナーだろう。貴皇学院にしばらく通っていなかったため、ふとした所作が元に戻っている可能性がある。お世話係になったばかりの頃に使っていたノートを開き、俺は静音さんから教わったテーブルマナーを一から確認することにした。

（最近、庶民時代のことをよく思い出すようになったからな……）

夏期講習で百合と再会したこともあって、最近の俺は、ふとした時にかつての暮らしを思い出すことが増えた。郷愁に浸るくらい問題ないと思うが、そのせいでマナーを忘れてしまっては雛子たちに迷惑がかかる。気をつけなければ……。

その時。机に置いていたスマートフォンが震動した。

アプリがメッセージの受信を通知している。

百合：夏休みってまだ終わってないわよね？　よかったらうちでご飯食べない？

要約すると「最後に一緒に遊ばない？」というお誘いだった。

実は夏期講習が終わってから、百合とこういうやり取りを何度かしている。百合の父親も俺に会いたがっているとのことだし、顔を出してもいいかもしれない。夏休みが終わるとお互いまた忙しくなるだろうし、百合の家へ行くなら今が一番いいだろう。

「雛子」

「ん――……？」

背後のベッドから、雛子の声が聞こえる。

起きていたようだ。

「百合が、よかったら夏休みが終わる前に店へ来ないかって言ってる」

「行く」

一瞬で答える雛子に、俺は目を丸くした。

「即答だな。あんまり外出るの、好きじゃないだろ？」

「伊月と一緒だから」

雛子はゆっくり起き上がりながら言った。

「それに……」

何かを言おうとして、雛子は口を噤む。

首を傾げて続きの言葉を待っていると、雛子は再び口を開いた。

「伊月は昔、よく平野さんの家に行ってたの……？」

「そうだな。バイト終わりとか、誘われた時は大体行ってたと思う」

家に行っていたというより、店を利用していたという感じだが。

「……なら、行く」

雛子は小さく首を縦に振（ふ）った。

その、どこか神妙（しんみょう）な面持（おもも）ちを見て、俺は不思議に思う。

理由は分からないが――雛子は最近、俺の昔にこだわるようになった。

雛子はよく俺に「昔はどうしてたの？」「前まではこういうことをしていたの？」と訊（き）くようになった。今まではそんなことなかったはずだが、大体、夏期講習を境にこうなったのだ。それとなく理由を訊いてもはぐらかされるので何があったのか分からない。

ひとまず百合には「此花（このはな）さんと一緒に行く」と返事をしておいた。

「むぅ……」

ベッドでごろごろと転がりながら、雛子は唸（うな）り声を上げた。

しばらくすると雛子が立ち上がり、俺の傍（そば）まで来る。

「……伊月、辞書貸して」

「辞書？　電子辞書でいいか？」

「ん」

頷（うなず）く雛子。

さっき使って片付けたばかりの黒い電子辞書を、再び机の引き出しから取り、雛子に渡した。

受け取った雛子は、ベッドに腰掛けて何やら調べ物をしている。

数分後、雛子はまた俺の近くに来た。

「……ありがと」

「もういいのか？」

「んぅ……よく分からなかった」

雛子は困ったように言う。

何が知りたかったのか気になるが、俺にそれを言わないということは、あまり俺に知られたくないということだろうか。

これもまた、最近の雛子に関して気になっていることの一つだ。

偶にこうして凄く悩んでいる様子を見せる。

今までも何かに悩むことはあったが、大体、俺か静音さんに相談していた。なのに今回は誰にも相談せず、一人でずっと頭を抱えているのだ。

内心で雛子のことを気にしながら、俺は勉強を再開する。

ヴィアンド、の意味を調べるために電子辞書を開いた。さっきも調べたのにまた忘れてしまったなと思い、履歴を確認すると——。

（……あ、これ雛子の履歴か）

うっかり雛子が調べた履歴を見てしまう。

（隙……鋤……梳き……？　何を調べてるんだ？）

結局、雛子が調べた内容を見ても、その悩みを知ることはできなかった。

ヴィアンドはフランス語で肉料理だったことを思い出し、俺は勉強を続けた。

◆

食堂にて。

雛子と一緒に夕食をとっていると、背後から静音さんに声を掛けられた。

「伊月さん。マナーを復習したのですか？」

「え？　あ、はい」

「最近、雑になりかけていたのでそろそろ指摘しようかと思いましたが、杞憂でしたね」

危なかった……。

冷や汗が垂れたが、同時にちょっとだけ嬉しい気持ちにもなる。どうやらちゃんと自分のことを客観視できていたようだ。

「お嬢様、一つご連絡があります」

もぐもぐとタラのムニエルを咀嚼する雛子に、静音さんが言った。

「琢磨様が、しばらくこの屋敷で過ごすようです」

「うげー…………」

雛子はあからさまに嫌そうな顔をした。

その反応は少し珍しい。雛子は朝の寝起きや、社交界に顔を出す時など、ことあるごとに気怠そうにすることはあるが、特定の人物にここまで嫌悪感を催す姿は見たことない。

「琢磨……さんって、確か雛子のお兄さんですよね？」

「はい」

どう呼べばいいか分からず、ひとまず俺はさん付けして呼ぶことにした。

雛子の方を見ると、まだ嫌そうな顔をしている。

「なんで、ここに来るの……？」

「仕事の都合です。明日から一週間ほど滞在する予定とのことでした」

「げー……」

雛子が眉間に皺を寄せる。

「その、苦手なのか？　お兄さんのことが」

「嫌い」

　苦手を通り越していた。

「あの人は……自分のことしか、考えてないから」

　深く溜息を吐きながら、雛子は言った。

　どちらかと言えば雛子は人を振り回す側だと思っていたが、琢磨さんはそんな雛子すら振り回すような人なのかもしれない。

「お嬢様、どうしますか？」

「……避難」

「承知いたしました」

　静音さんが頷く。

　避難とはどういう意味だろうか？

　首を傾げていると静音さんが説明してくれる。

「こういうことは以前から何度もありましたので。お嬢様は琢磨様が来ると、その度に一時的に他の場所で過ごすようにしているんです」

「……徹底してますね」

そんなに嫌いなのか。

「念のため言っておきますが、伊月さんもついて来てもらいますからね」

それは勿論予想していたので、俺は「はい」と頷く。

俺だけこの屋敷に置き去りにされたら……とても気まずい。

「今回は何処に避難しますか？」

「涼しければ、何処でも……」

「軽井沢にはもう行きましたし、他の避暑地となると……」

北海道か、いっそ海外か……と静音さんは行き先を検討する。

そんな静音さんを見て、俺は百合との約束を思い出した。

「あの、これはできればでいいんですけど、俺が昔住んでいたところの近くは難しいですか？　近々、雛子と一緒に百合と会う約束をしてしまったので……」

勿論、難しければ予定を練り直すつもりだが。

静音さんが難しい顔をした。やはり厳しいだろうかと思っていると、

「………伊月の家は？」

思わぬところから提案があった。

「俺の？」

「ん。伊月が、昔住んでいた家に行きたい」

それは……そもそも可能なのだろうか。

確か家賃が支払えなかったとかで、あの家の所有権は既に俺の家族ではなくなっているはずだ。しかし俺はこれまで何度も不可能を可能にするお嬢様パワーを目の当たりにしてきたので、正直、今回もなんとかなるような気がした。

「ちょっと確認してみます」

案の定、静音さんにはなんとかする方法が思いつくようだった。

静音さんがスマートフォンで誰かと連絡を取る。

数分ほど待つと、静音さんが通話を終えた。

「可能ですね」

「可能なんですか」

「元々あの家は此花不動産が取り扱っている物件でしたから。今確認したところ、まだ住人はいないそうなので、しばらく借りることが可能です」

どうやら俺は雛子と出会う前から此花グループの掌の上で生きていたらしい。

「しかしお嬢様。こう言っては伊月さんに申し訳ないのですが、あの家はお世辞にも、お嬢様にとって住みやすい家ではないと思いますよ」

それは俺も同意する。

当たり前だが、俺の家はこの屋敷ほど広くはないし、家具も調っていない。綺麗な庭園もなければ、目の前に道路があるので静かでもない。

「別に、それでいい」

そう言って雛子は俺の方を見る。

「伊月が今まで、どんなふうに暮らしていたのか……私も経験してみたい」

雛子は庶民の生活に興味津々といった様子だった。

しかし気のせいだろうか。

今の雛子は、どこか義務感に突き動かされているようにも見えた。

まるで、昔の俺の生活を知っておかなければならないとでも言いたげな……。

「承知いたしました。では早速、手配いたしましょう」

静音さんが再びスマートフォンを手に取る。

「あの、警備は大丈夫ですか？　俺と雛子が初めて会った時は、あの辺りで雛子が誘拐されそうだったので……」

「心配いりません。あの時のような失態は二度としません。付近に二十四時間体制で護衛を配置します」

静音さんの瞳には強い意志が灯っていた。

あの日のことを、静音さんは深く後悔しているのだろう。

今の静音さんを見る限り、あのような事件はもう二度と起きない気がした。

「それに、貴方も以前とは違うでしょう？」

静音さんは真っ直ぐこちらを見据えて言う。

「いざという時は、貴方がお嬢様のことを守ってください」

「……はい！」

そうだった。

今の俺はお世話係。

誘拐犯が来たとしても、雛子の兄である琢磨さんが来たとしても、俺のやるべきことは変わらない。雛子に寄り添い、守るのは俺の役目だ。

一章◆お嬢様と学ぶ庶民生活

翌日。

俺たちは、どこにでもある平凡な住宅街に来ていた。

いわゆるベッドタウンであるこの街は、日中は比較的静かで人通りも減る。マンションなど背の高い建物は少なく、小さな家や飲食店が密集している景色からは下町のような雰囲気を感じられた。駅前には小規模だが商店街もある。

「……久しぶりに帰ってきたな」

木造建築のこぢんまりとした家を前にして、俺は思わず呟いた。

この辺りは特に家が密集しており、細い道が入り組んでいる。しかし長年ここに住んでいた俺が迷うはずもない。

久々に、俺は自分が昔住んでいた家に帰ってきた。

「伊月さん。こちらが鍵になります」

「ありがとうございます」

静音さんが鍵を渡してくれた。

鍵を開け、最初に家へ入る役割を俺に譲ってくれたのは、きっと静音さんなりの配慮だろう。心の中で感謝する。

ふと雛子を見れば、辺りの景色が珍しいのかキョロキョロと視線を動かしていた。

当分その様子は続くだろうなと思い、俺はドアに近づく。

「……あれ。玄関のドア、こんなに綺麗だったっけ」

「一応、入居者を募集している最中でしたからね。簡単な掃除とリフォームは済ませています。最低限の家具も用意しています」

俺の家でしばらく過ごすことは昨日決めたばかりだというのに、もう家具まで手配してくれたらしい。相変わらずの迅速すぎる対応に感嘆する。

改めて家のドアを開いた。

狭い玄関と、その先に広がるリビングの景色を見て、懐かしさが込み上げる。

「……変わってるようで、変わってないな」

多少綺麗にはなっているが、そこは紛れもなく旧友成家だった。

家の広さは八畳。間取りはワンルーム。台所とユニットバスはあるが、洗濯機はないため近所のコインロッカーを使わねばならない。

一人暮らしなら申し分ない広さだが、これを三人で分けるのはなかなか難儀した。プライバシーなんてあったものじゃないし、それに部屋の広さと引き換えに築年数がかなり古い物件を選んだせいで、床がよく軋む。深夜や早朝、誰かが起きて立ち上がると、床の軋む音が響いて必ず全員起きる羽目となった。

「これは、しかし……」

改めて自分の家を見て思う。

やはりこの設備では、雛子にとって居心地のいい空間にはならないだろう。家の隙間が多いからエアコンも利きにくいし、虫が入ってくることも普通にある。

幾つか、この家に似つかわしくない綺麗な家具があった。冷蔵庫、電子レンジ、テーブル、テレビ、タンス。これらは静音さんが手配してくれたものだろう。しかしこれで居心地が格段によくなるわけでもない。

今からでも場所を変えた方がいいんじゃないか。

そう思い、雛子の方を見ると、

「ここが……伊月が暮らしていた、家……！」

雛子は目をキラキラと輝かせていた。

「伊月、これは何……？」

「押し入れのことか？　ここに布団とかを入れるんだ」

押し入れの襖を開けて説明する。

「おぉ……っ」

「押し入れを知らないのか？」

「和室の知識はある。けど……使ったのは初めて」

雛子は押し入れを開けたり閉めたりした。思えば此花家の屋敷は西洋的なので、和文化のことは知っていても体験する機会が少ないのかもしれない。

「これは……？」

「ユニットバスだな。風呂とトイレが一緒なんだ」

「お風呂……？　この、窪みは……？」

「ここが湯船になるんだ」

洗面所の方を向いている蛇口を、湯船の方に向け、試しに水を出してみた。

「……………子供用？」

「……残念ながら全年齢用だ」

こちらは驚きよりも困惑が勝ったらしい。

ちょっと申し訳ない気分になってきた。

「お嬢様。あと一日お待ちいただければ、床や窓も新品に取り替えられますが……」

「いい。伊月がどんなふうに暮らしてたのか、私も経験してみたい」

「承知いたしました」

雛子はまた俺の過去にこだわっているようだった。

「では、私は護衛の方と打ち合わせがありますので、一度席を外します」

そう言って静音さんは玄関から外に出た。

振り返ってリビングを見る。

静音さんの言う通り家は清掃されているが、大胆なリフォームはされていないようだった。費用対効果を計算してのことだろう。既に築四十年が経過しているボロ屋だ。フルリフォームしたとしても、入居希望者が殺到することは考えにくい。

多分リフォームはドアと一部の天井だけだ。

床は相変わらず軋む。

「伊月は……この家で、どんなふうに過ごしてたの？」

「どう、と言われると……」

なかなか返答に困る問いかけだった。

しかしふと気づく。ボロい畳の床に、背の低いテーブル、隙間風が入ってくる窓に、色褪せた襖……ここには此花家の屋敷にないものがたくさんあった。

屋敷にいる時の俺と、この家にいた時の俺は、きっと何もかもが違う。

そう思うと自然と言葉も出てきた。

「……父親も母親もよく家を留守にしていたから、俺は一人で家にいることが多かったな。高校からはバイトで俺も家を空けることが多くなったけど、それまではここで勉強をしたり、本を読んだりしていた」

本といってもクラスメイトの友人から借りた漫画が殆どだが。

歩きながら、俺は足元の床を見る。

「この床の凹み、俺が子供の頃につけたんだ。布団を敷くためにテーブルを片付けようとしたんだけど、落としちゃってな」

懐かしいな――。

過去の思い出に浸っていると、隣で雛子がぼーっとしていることに気づいた。

「ごめん、長々と話しちゃったな。こんなの聞いてもつまらないだろ」

苦笑して話を変えようと思ったが、雛子は首を横に振る。

「……もっと、聞きたい」

雛子は、じっとこちらを見つめて言う。

「私……伊月のこと、もっと知りたい」

純粋(じゅんすい)な視線に射貫(いぬ)かれた。

本心からそう思われていることが分かる。

「そ、そうか……」

それならよかったかもしれない。

しかしそこまで純粋に知りたいと言われると、むず痒(がゆ)くなってくる。

「お待たせしました」

静音さんが家に帰ってきた。

「ではまず、部屋割りを決めましょうか」

◆

「ええと、じゃあ……」

三十分後。

俺は結論を整理するべく、二人に向かって話す。

「静音さんが持ってきたパーティションで家のスペースを二分割(ぶんかつ)して、台所がある方をリビング、もう一つの方は寝室にする。日中はリビングを静音さんが使って、俺と雛子は寝室を分けて使う。夜は俺がリビングで寝て、雛子と静音さんは寝室を使うということで」

雛子と静音さんが頷いた。

部屋の中央には、静音さんが打ち合わせの相手から貰ってきたらしい大きなパーティションが立てられていた。これで八畳の家を、四畳ずつの部屋に分けて使うことにする。日中、静音さんがリビングを使う理由は、主に食事の料理をするためだ。俺と雛子は寝室にテーブルを置いて、勉強をしたりのんびり寛いだりする予定である。

「私は日中留守にすることも多いので、その時はパーティションを取り外していただいても結構です」

「静音さん、忙しいんですか？」

「ええ。少し予定よりも仕事が増えました」

静音さんは淡々と答えた。

こういう時、決して嫌そうな顔をしないのがいかにも静音さんらしい。此花家に仕えるメイドとしての、プロフェッショナルな魂を感じる。

「夜は必ず帰ってきますので……伊月さん。くれぐれも変なことはしないように」

「は、はい」

言われるまでもない。

此花家の屋敷で暮らしていた時も、一応は同じ屋根の下で過ごしていたわけだが、今回は家が狭いためいよいよ本格的に同棲っぽい雰囲気が出ている。静音さんがパーティションを用意したのも、その雰囲気を拭うためだろう。

この特殊な状況に流されて、距離感を間違えないように注意しなくては。

「念のためこれを置いておきましょう」

そう言って静音さんは、懐から錠剤の入った瓶を取り出し、テーブルに置いた。

出た……！

薬剤性EDになる薬……っ！

久々に見てしまった。静音さんはどんな気持ちでこれを持ち運んでいるんだ……。

「伊月……」

雛子がくい、と俺の服を摘まみ、上目遣いでこちらを見る。

「街、案内して」

「街？」

「伊月が、どんなふうに暮らしてたのか……いっぱい知りたい」

雛子は庶民の暮らしぶりにご執心といった様子だった。

「よし、そういうことなら任せろ。……普段は俺が教わってばかりだからな。今日からしばらくの間は、俺が庶民の暮らし方を案内してやる」

「おぉー……」

珍しく得意満面となっている俺に、雛子はパチパチと小さく拍手した。

幸いこの街くらいなら、いくらでも案内できる。

まずはどこを案内しようか。早速、計画を練っていると、静音さんがテーブルの上に幾つかの紙束を置いた。

「盛り上がっているところ申し訳ございませんが……お嬢様、華厳様からいつも通りの日課をこなすように言われています」

「えぇー……」

出鼻を挫かれた雛子が唇をへの字に曲げた。

テーブルに置かれた大量の紙束は、雛子の宿題らしい。

「……夏休みなのに」

「夏休みだからこそ、最後まで気を抜かずとのことです」

普通の学生としての感性も持ち合わせている俺としては、夏休みを最後の最後まで貪りたい気持ちも分かるが、雛子は天下の此花グループのご令嬢。背負った責任の大きさがこれ以上の休みを許さなかった。天王寺(てんのうじ)さんや成香(なりか)もきっと同じだろう。

「では、私は仕事に行ってきます。伊月さん、あまりお嬢様を甘(あま)やかさないようにしてくださいね」

なんとなくこちらの気持ちを見透(みす)かしているのか、静音さんが釘(くぎ)を刺(さ)した。

パタリとドアが閉められた後、雛子が悲しそうな顔でこちらを見る。

「伊月ぃ……手伝ってぇ……」

「……まあ、俺にできることなら」

甘やかしたいわけではないが、そんな悲しそうな顔をされると、少しくらいは力にならなければと思ってしまう。

（そういえば、雛子の日課って何なんだ……？）

俺は放課後になると、以前までは静音さんからテーブルマナーや護身術のレッスンを受けており、最近は自室で予習・復習をこなすようになった。マナーに関しては天王寺さんに教わったことでだいぶ身についたと評価を受けているが、社交界に顔を出すことが決定した時は、その直前にまたレッスンを受けることがある。

俺がそういうことをしている間、雛子は何をしているのだろうか。

静音さんが雛子のために残した宿題を、俺は手に取って確認してみた。

「これは……此花グループの企業情報か？」

「ん。将来のためにも、今のうちに覚えとけって言われてる」

　英才教育とはこのことか。

　将来、此花家へ少しでも貢献できるように、今のうちに学ばせているのだろう。

「こっちは、グループとは関係ない会社の資料だな」

「今度、会食があるから……頭に入れろって」

　会食で相手に無礼を働かないよう、準備しておけということだろう。

　三ヶ月先までの会食の日程と、それぞれの相手の企業情報がざっくりとまとめられている。資料はとても見やすいが、この量を覚えるのは骨が折れそうだ。

「これは……げっ⁉」

　すぐに自分が見てはならない資料だと判断し、俺は目を逸らした。

　それは此花グループの、ここ最近の事業内容が事細かに記されている資料だった。稼働中の案件なども細かくリスト化されている。

　どう考えても社外秘の内容だ。偶に仕事を手伝っているらしい雛子はともかく、ただのお世話係である俺が見てはならない。

（……俺にできることは、なさそうだな）

少なくとも今の俺には手伝えない。実力以前に立場の違いが手助けを踏み止まらせる。

雛子はこんな難しいことを、毎日勉強しているのか。

学院の授業とは完全に異なる。これは雛子のために用意された、雛子だけの課題だ。

「しかし、こんなにやらなくちゃいけないことがあると、街の案内は難しいかもな」

思わずそんなことを呟いてしまう。

視界の片隅で、雛子がぴくりと反応したような気がした。

「商店街とか、色々見て回りたいところがあったけど……まあ仕方ないか」

ぴくぴく、と雛子が何か反応を示している気がした。

「……二時間、待って」

雛子はゆっくりと宿題と向き合い、言った。

「すぐ、終わらせるから……」

その背中には、炎が滾っていた。

◆

「もしもし、静音さんですか？　……あ、いえ。ちょっとした相談でして。実は雛子が街に出たいと言ってるんですけど、俺の方で適当に案内してもいいでしょうか？」

数時間後。

俺は静音さんと電話していた。

「いや、そんなに遠出はしません。近所で昼食をとったり、商店街とかに寄ったりするつもりで……日課ですか？　いえ、それがもう終わらせたみたいで……今日の分じゃなくて全部終わらせたみたいです。本気を出せばこのくらい余裕と本人は言ってますが……」

驚くことに、雛子は一週間分の課題をたった二時間で終わらせてみせた。

流石に早すぎると思ったので、俺は各資料を本当に覚えているのか雛子に確認を取ってみた。結果は全問正解。とんでもない頭のよさだ。

偶に忘れそうになるが、雛子は怠け者なだけで実務能力が天才的なのだ。

雛子は此花家に生まれたことによる責務から逃れたがっているけれど、これだけ能力が高ければ華厳さんも手放したくないよなぁ、と納得してしまう自分がいる。

静音さんとの通話が終わり、俺はスマートフォンをポケットにしまう。

「……許可、取れたぞ」

「よし」

雛子が両手で握りこぶしを作る。

「それにしても、たった二時間でよくこんなに覚えられたな」

「褒めて褒めて」

「ああ、凄い凄い。本当に凄い」

「むふー……」

雛子が誇らしげな顔をする。

静音さんが通話を切る直前に溜息交じりに口にした台詞「じゃあ最初から本気を出してください」は敢えて雛子に伝えなかったが、至極真っ当な意見だと思った。

「じゃあ早速、外に出てみるか？」

「ん！」

雛子は元気よく返事をした。

学院にいる時の雛子からは考えられないほど無邪気な様子である。

「あ、そうだ。静音さんが念のため外出用の服を用意してくれたみたいだから、それに着替えてくれ」

「……このままじゃ、駄目？」

「駄目というわけじゃないが……目立つかもな」

上品なワンピースを着こなした雛子は、シンプルは着飾り方をしているゆえに、本人の素材のよさがとても目立っていた。

美術館やフレンチに行くならともかく、この服で商店街を歩くと目立つ。

「じゃあ、着替える」

「ああ。ユニットバスに鏡があるから、そこで着替えてくれ」

雛子は頷いて、静音さんが持ってきた着替え一式と一緒にユニットバスへ入った。

（……なんか、変な感じだな）

最初はただ懐かしいという気分しか湧かなかったが、しばらく過ごすことで、ここが自分の家であるという感覚が蘇ってきた。

そんな自分の家へ、まさか同世代の女子を連れてくる日が来るとは……。

百合ですら俺の家には入ったことがないのに。

「伊月」

しばらく待っていると、ユニットバスのドアが開いて雛子が出てくる。

「着替えたか？」

「ん、完璧」

そう言って雛子はくるっと身体を一回転させた。

……完璧ではないかなぁ。

だぼっとしている白いシャツに、垂れ下がっているデニムのベルトを見て思う。

「雛子、ばんざい」

「ばんざーい……」

「この腰のベルトは、こうやって巻いて……あと多分だけど、そのシャツは中に入れるタイプなんじゃないか？」

雛子に両手を上げさせ、その間に俺はデニムのベルトを軽く締めた。

最後に、シャツをデニムの内側に入れさせる。

「……どう？」

改めて、雛子は自分の姿を見せてきた。

トップスは白いシャツ。ゆったりとしたサイズで、胸の辺りには刺繍でロゴが入っている。ボトムスはワイドシルエットのデニムで、丈が足首より少し上までのものだ。シャツはタックインしており、夏らしい涼しげな格好に見える。

「……いつもと違って、いいな」

えへへ、と雛子が嬉しそうに笑った。

デニムをはいている雛子はなかなか新鮮だが、よく似合っている。

多少は普通の身だしなみになったが、素材のよさは誤魔化せないかもしれない。艶のある琥珀色の髪、きめ細かで白い肌、華奢で守りたくなるような腰。大切に育てられてきたことがよく分かるようなお上品な雰囲気は、隠しきることができなかった。

「それじゃあ、出発するか」

「ん！」

雛子は先程と同じように元気よく返事をする。

雛子と一緒に玄関で靴をはく。

こうして、庶民社会体験ツアーの幕が上がった。

◆

「ふおぉ……っ！」

雛子は目をキラキラと輝かせながら、その視線をあちこちに巡らせていた。

「伊月、ここは……？」

「商店街だ。小さな店がたくさん集まっている道って言えばいいのか」

慣れ親しんだ光景を、いざ言葉で説明してみると意外と難しい。

まず俺は雛子を駅前の商店街に案内してみた。お世話係として働き始めて早四ヶ月、雛子のような上流階級の子女たちが、このような雑多な場所に馴染みがないことは知っている。予想通り、雛子は目の前の光景をとても珍しがっていた。

「この商店街は、俺が通っていた高校の通学路なんだ。放課後になるといつも誰かが買い食いしてたよ」

勿論、俺はお金がないので我慢していたが……。

「ひ、人が、多い……」

「確かに、思ったより多いな」

ただ今の時刻は午前十一時。

商店街には主婦たちがたくさんいた。人混みというほどではないが、八百屋のレジ前には列ができており、コンビニの前には自転車が幾つも停まっている。

（しかし、ちょっと多すぎるような……）

ここしばらく離れていたとはいえ、俺も元はこの街の住人。

だから今の商店街が、いつもより混雑していると分かる。

この時間帯は、どの家もそろそろ昼食の準備に取りかかっている頃だ。本来なら飲食店以外はそれほど混雑しないはずだが……。

「……ん？」

　ふと、俺は正面にある本屋を見た。

　店内にいる男性が、棚に並んでいる本を手に取り、中身を流し読みしている。

　この男性……どこかで見たことがあるような。

「……」

「……」

　無言で見つめていると、男性の頬に冷や汗が垂れた。

　俺は答えに辿り着く。

　……此花家の護衛だ。

　すぐに周りを見渡した。するとあからさまに視線を逸らす人物が最低でも五人。

　どうやら俺たちの周りには大量の護衛が潜んでいるらしい。

「伊月？　どうしたの……？」

「……いや、なんでもない」

　堅苦しい雰囲気を苦手とする雛子に、この事実を伝えるのは野暮だろう。

　適当に誤魔化したら、護衛たちも胸を撫で下ろした。

「ここは……お肉屋さん？」

　雛子がすぐ傍にあった店に視線を注ぐ。

ショーケースに並ぶ肉を、雛子はまじまじと見つめた。

「……安い、気がする」

金銭感覚に自信がないのか、雛子は断言はしなかった。

「まあ、普段食べているものと比べたらな。でも美味いぞ」

あまり肉を食べられる生活はしていなかったが、偶にここで肉を買って食べていた。雑な調味料で味付けして焼いただけでも美味しかった記憶がある。

雛子の興味は隣の店へ移る。

「こっちは……野菜屋さん？」

「ああ。八百屋って言うけど」

「やお……？」

雛子が首を傾げる。

そういえば、なんで八百屋って言うんだろうか。字面だけ見たら八百万の神を連想するが……今度、気が向いた時にでも調べてみよう。

陳列されている野菜を雛子はゆっくり眺めていった。

「好きなものはあるか？」

「……野菜は、嫌い」

そうだった。

「そういえば雛子って、好きな食べ物は何なんだ？」

「ポテチ……！」

「いや、あれはお菓子だから除外するとして……」

「アイス……！　あとコーラ……！」

「その辺も除外するとして…………雛子、今度頑張って野菜食べような？」

何故っ⁉　とでも言わんばかりに雛子は目を見開いてこちらを見た。

静音さんほどではないが俺も雛子の食生活に不安を感じてきた。

「それ以外だと……あんまりないかも」

「……そうか」

一緒に食事をしていると、偶に「美味しい」と呟くことがあるので、食べ物に好き嫌いはあるのだろう。ただ今のところ一番があるわけではないらしい。

「お、伊月じゃねぇか！」

その時、店の奥から声を掛けられる。

キュウリを片手に持った八百屋の店主がこちらを見ていた。

「久しぶりだな！　最近顔を見せないと思ったけど、元気そうじゃねーか！」

「お久しぶりです。最近は……ちょっと、色々忙しくなって」

話せば長くなるので割愛する。

すると雛子が、俺の服を軽く引っ張った。

「伊月、この人は……？」

「ここの店主だ。俺が昔バイトで世話になった人でもある。……高一の最初の頃かな、ここでしばらく働いていたんだ」

雛子に説明していると、店主が面白そうな顔でこちらを見つめていることに気づいた。

「ははーん、なるほどなぁ。色々忙しいってそういうことか」

「そういう意味じゃないですよ」

「隠さなくてもいいだろ。伊月もすっかり男になったなぁ」

バシバシ、と背中を叩かれる。

居たたまれない気持ちになってきたので、八百屋の前から退散した。

しかし、それからも似たようなことは続いた。

「あら、伊月君？　久しぶりじゃない！」

「あ、どうも。お久しぶりです」

薬局の従業員が、わざわざ店内から出てきて声を掛けてくる。

「おお、伊月か！　久しぶりだな、なんか買ってけよ！」

「すみません、また今度で……」

魚屋の店主が、魚の入った箱を運びながら声を掛けてくる。

他にも本屋の店員や百円ショップのバイトリーダーが、俺を見つけるなり近づいて声を掛けてきた。いずれも交流があった人たちだ。

当たり障りない挨拶をした後、少し離れて落ち着く時間を作る。

「……思ったより、声を掛けられるな」

雛子を案内するつもりが、俺の挨拶ばかりになってしまった。

少し申し訳ない。

「伊月……結構、有名人？」

「いや、有名人ってほどじゃないんだが……まあこの辺りでよく働いていたからな」

商店街は横の繋がりが強い。そのため俺が一つの店で働きながら「もっとバイトで稼ぎたい」という話をすれば、瞬く間にその噂が広まり、色んな仕事を紹介されるようになったのだ。気づけば俺は八百屋、本屋、薬局、飲食店などでバイトをしていた。

「商店街は、助け合いの精神が強いんだ」

「助け合い……？」

「ああ。実際に内側で働いていたから分かるんだが、ここで生きている人たちは色んなものを共有している。たとえば商店街の客足が遠退けば、ここで店を持っている全ての人が困るだろ？　だから皆が一丸になって商店街を盛り上げるんだ。肉屋が魚屋の宣伝をすることもあるし、手の空いた人が商店街の情報をまとめたチラシを作って配ることもある」

　ちなみに俺はそのチラシ作りに協力したことがある。

「一蓮托生って言えば分かりやすいな。身内同士の繋がりが広くて濃いから、一度内側に入れば気軽に声を掛けられるんだ」

「……なんか、あったかいね」

「そうだな。人の縁を感じるのはありがたいことだ」

　声を掛けられる度に思い出す。俺は確かにここで生きていたのだと。自分の居場所がここにもあることを再確認できた俺は、形容し難い安心感を覚えた。

「ちょっと、羨ましいかも」

　雛子は商店街で働く人々を見つめて言った。

「私の知ってる、大人の人たちは……もっと、打算的だから」

「……社交界とかで会う人たちのことか？」

　雛子は「ん」と小さく頷いた。

雛子の周りにいる大人たちは、いずれも大規模な企業や組織のトップに君臨する者ばかりだ。一つの組織がそれほどの経済力を手に入れるには同業他社との競合に勝ち続ける必要がある。そして何より「競合に勝ちたい」というトップの強い意志が存在する。商店街の人たちだって時には競合を強いられているはずだが、雛子の周りにいる大人たちは業界の第一線で大量の資金と人材を懸け、熾烈な競争に臨む猛者ばかりだ。懸けるものの規模が違うし、それが大きければ大きいほど慎重に……つまり打算的にもなる。

敢えて訊かなかったが、雛子が連想する打算的な大人の中には、きっと華厳さんも含まれているのだろう。

どちらの生き方が正しいのか。未熟な俺の頭ではその答えを出せなかった。

「伊月も、こういう雰囲気の方が……」

「──伊月！　お前、帰ってきたのか！」

雛子が何かを言おうとしたその時、大きな声がすぐ後ろから聞こえた。

驚いた雛子が肩を跳ね上げる。

振り向いた先には顔馴染みである理容店の店主がいた。

「お？　すまんな、嬢ちゃん。驚かせてしまって。俺は声が大きくてな」

「だ……だいじょぶ、です」

店主の謝罪を、雛子は胸の辺りを押さえながら受け入れた。

なんてことない会話を済ませ、店主と別れた後、雛子は小さな口を開く。

「……やっぱり、羨ましくはないかも」

「ははは……まあ、この距離感はよくも悪くも独特だからな」

実際、この濃すぎる繋がりを嫌がる人も少なくない。よく言えば密な繋がりでも悪く言えば過干渉だ。距離感の好みは人それぞれだし、特に耐性のない雛子にとっては彼らを無遠慮に感じることもあるだろう。

その時、隣で腹の虫の鳴く音がした。

「……お腹、すいた」

雛子が自分の腹を摩りながら言った。

商店街には様々な飲食店がある。店から漂うカレーや蕎麦の匂いをかいでいると、俺も空腹を感じてきた。時刻もそろそろ正午。昼食をとってもいい時間だろう。

そういえば、この少し先……商店街を出たところには、あれがあったはずだ。

「牛丼屋でも行くか」

「ぎゅーどん、や……？」

雛子が首を傾げる。

きっとそういう反応をするだろうなと思っていた俺は、雛子を案内した。

◆

日本国民なら誰もが知っている牛丼のチェーン店に、雛子と一緒に入る。

歩き続けて火照っていた身体を、程よい冷房が冷やしてくれた。

「まずはここで食券を買うんだ」

試しに俺が牛丼並盛りの食券を買ってみせる。

「おぉ……ハイテク」

時代の最先端を担っている此花グループのご令嬢が言う台詞ではない。

「雛子はどれにする？」

「伊月と、同じやつにする」

そういって雛子は、鞄から財布を取り出した。

しかし財布から出したのは、硬貨ではなく黒いクレジットカードだった。雛子はそれを紙幣挿入口に入れようとする。

「いや、カードじゃなくて！　……ここに、小銭を入れるんだ」

「……なるほど」

雛子は硬貨を入れ、無事に食券を買うことができた。

この分だと硬貨の使い方も理解してないんじゃないかと不安になったが、流石にそのくらいは知っているらしい。成香もプライベートで駄菓子を購入しているわけだし、お金の使い方自体はいくらなんでも知っているようだ。

思えば、貴皇学院に食券機はない。席につくだけで給仕がやって来て、簡単に注文できるからだ。飲み物も同様で自販機が設置されていない。ひょっとすると上流階級の子女は機械による自動化に疎いのかもしれない。

「お待たせしました〜」

カウンター席で待っていると、店員が二人分の牛丼を持ってきてくれる。

俺は割り箸を二つ取り、一つを雛子に渡した。

しかし雛子は目の前のどんぶりをまじまじと見つめるだけで、食べようとはしない。

「どうした？」

「食べ方……分かんない」

此花家のご令嬢にとって、牛丼という食べ物は未知の物体過ぎたらしい。

「こういうのは、好きなように食べればいいんだ」

割り箸を割って、俺は手を合わせる。

「いただきます」

取り敢えず手本になるべく、俺は牛丼を食べた。肉と米を箸で摘まむと、ほろりと米の塊が崩れ落ちそうになる。素早く箸を口に入れると、肉の旨味が広がった。

最近は上品な食事を続けていたので、こういう食事を素直に美味しく感じられるか不安だったが、普通に美味しい。むしろ久々に食べたので一層美味く感じる。どうやら俺の舌はちゃんとそれぞれのよさを区別できているみたいだ。

そんな俺の食べ方を見て、雛子も遂にどんぶりに箸を伸ばした。

「む、むむむむ……っ」

慎重に、割れ物を扱うかのように、雛子は箸で摘まんだ米と肉を口に近づける。

やがてその箸を小さな口に含んだら——。

「ん～～～～～……っ！」

雛子は大変満足そうに唸った。

「美味そうだな」

「美味い……最高……!!」

相変わらず、ジャンキーなものが好きみたいだ。

雛子のテンションは一気に最高潮に達する。

「伊月、これは何……!?」

「紅ショウガか？　一緒に口に入れて食べると美味しいぞ」

「これは……!?」

「それはただの水だ」

目に入ったもの全てが宝のように見えているようだ。

いい経験ができているようで何よりである。

「あぁ……この油、ポテチより背徳的………っ」

雛子は恍惚とした表情を浮かべて呟いた。

……大丈夫か、これ？

いい経験をさせるつもりが、ちょっと危ない気配が漂ってきた。

雛子にこんな顔をさせて……静音さんに殺されないだろうか。

不安を抱きながら雛子の幸せそうな横顔を見ていると、その口元が牛丼のタレで汚れていることに気づいた。

「雛子、ちょっとこっち向いてくれ」

紙ナプキンを手に取りながら言う。

「口元、汚れてるぞ」

「んむ……んへへ」

雛子の口元にある汚れを拭った。

子供みたいに雛子の表情が和らぐ。

そんな俺たちの様子に――他の客たちが無言でこちらを見つめていた。

突き刺さる視線の数々を自覚し、我に返る。

しまった……注目を浴びてしまった。

「そ、そろそろ出るか」

「ん」

度々忘れそうになるが、雛子は十人中十人が振り向くような見目麗しい容姿をしているのだ。ただでさえ目立ちやすいのにこんな行動をしたら、注目を浴びるのも無理はない。

逃げるように俺たちは店を出て、また適当に歩き出した。

「初めての牛丼はどうだった？」

「私の、大好物にする……！」

雛子は目を輝かせながら言った。

なんとも庶民的な好物ができてしまった。社交界などでは絶対に言わないよう後ほど釘を刺しておかねば。

「ぎゅーどん……美味しかったし、それに楽だった」

「楽？」

「ん。マナーとか、気にする必要ないし」

雛子にとって、マナーを一切（いっさい）気にしない食事の場はとても貴重かもしれない。

これからしばらくの間、マナーを気にしなくてもいい食事が増えるだろう。それは雛子にとって嬉しいはずだが……少し懸念（けねん）もある。

「……俺も最近気をつけるようになったばかりだからあまり人のことは言えないが、マナーを忘れてしまったら駄目だぞ」

「ん。それは、分かってる」

雛子は神妙（しんみょう）な面持（おもも）ちで続けた。

「マナーを忘れたせいで、伊月と離ればなれになりそうだったから……もうあんな思いはしたくない」

雛子が何のことを言っているのか、俺にはすぐ分かった。

三ヶ月ほど前のことだ。雛子は造船会社の役員たちと会食していたが、その際に遊びで教えてしまった三秒ルールを素でやってしまった。

あの時のことは雛子も反省しているようだ。

勿論、俺も反省している。

「お互い、気をつけないとな」

「ん」

上流階級の責任は重大だ。こんな、華奢な身体で背負うのは難しいだろう。

だから俺も気をつける。雛子の負担が少しでも軽くなるように。

「さて、まだ時間は余ってるが……」

スマートフォンで時間を確認する。

「もっと遊びたい……！」

「よし、じゃあ腹ごなしに公園で散歩でもするか」

◆

夕焼けに染まった街を横目に、俺たちは家に入る。

「ふへー……」

靴を脱いだ雛子は、すぐにリビングの座布団に身体を横たわらせた。

「疲れたか？」

「ん」

朝はこの家まで車で移動したし、昼から今までほぼずっと歩いていた。インドア派の雛子にとって今日の活動量は多かっただろう。

（俺は……あんまり疲れてないな）

体力も、頭も、まだまだ余裕がある。

屋敷で過ごしている時は、勉強と使用人の仕事で頭も身体も毎日酷使していた。それに比べると今日のスケジュールは随分と楽だ。

ちょっとだけ――物足りなさを感じてしまう。

今日一日、久しぶりに庶民の生活をしたことで、俺は普段の生活を改めて客観視することができた。庶民の生き方と上流階級の生き方、それぞれには明確な違いがある。ただその違いも、深く考えればちゃんと意義のあるものだと分かる。

これは昼間、牛丼屋に入った時も考えていたことである。

貴皇学院は世間よりアナログ的な行動を強いられることが多い。食券機がないことがいい例だ。貴皇学院で何かを食べようと思ったら近くにいる給仕に声を掛けるしかない。

一見すれば不便に感じるこのシステムだが、よく考えたら決して悪いものではないと気づく。

貴皇学院の生徒たちは、将来、人の上に立つことが多い。ならば人との……特に部下との関わり方を学ぶのは大事だろう。変な指示を出したり横柄な態度を取ったりすれば、求心力が減ってしまう。逆に正しく人を使いさえすれば、機械による自動化を上回るほどの利便性を享受できる。貴皇学院では食事の場でそれを学ぶことができるのだ。給仕に対する注文の仕方だけでも、相手の品格を窺い知れる。

貴皇学院は、ありとあらゆる場で学びを得られるよう環境が整えられている。

それは上流階級たちのストイックさを体現していた。

(我ながら、視野が広くなったな)

たった数ヶ月しか通っていない学院だが、皆についていくために死に物狂いで頑張ってきたからか、今まで得られなかった知見が身についていることを実感する。

意義が分かれば真剣に取り組みたいという気持ちにもなる。

少し、あの学院での日々が恋しくなってきたかもしれない。

過去を振り返ってしんみりしていると、ポケットに入れたスマートフォンが震動する。

静音さんからの着信だ。

「静音さん？　どうかしましたか？」

『すみません。こちらの仕事が想像以上に押していまして、帰りが遅くなりそうです。夕飯の準備を任せても大丈夫でしょうか？』

「大丈夫ですよ。いざとなれば出前を頼みますし」

『ありがとうございます。もし自分で作るのでしたら、冷蔵庫の食材はご自由に使っていただいても構いませんので』

「分かりました」

通話を終了する。

静音さんの声色が、いつもより疲れていたような気がした。ならせめて料理くらいは俺が担当しよう。

冷蔵庫を開けると、様々な食材が入っていた。

明らかに高級な食材もあるが、俺の手には余るので普通の食材だけ取り出してみる。

玉ねぎ、にんじん、じゃがいも。それとお肉。

（……カレーでも作るか）

調味料入れの中にカレーのルーが入っていた。これを見た瞬間、メニューが決まる。

昼間が牛丼だったので栄養の偏りが不安だ。野菜を多めにしておこう。

包丁とピーラーを探していると、雛子がとことこと足音を立てて近づいて来た。

「伊月……何するの？」

「静音さんの帰りが遅くなるみたいだから、夕飯を作ろうかなと思って」

まな板を用意しながら説明する。

「……私も、一緒に作る」

「雛子も？」

それはちょっと危ないんじゃないだろうか、と不安になるが、雛子は自信満々といった様子で両手を腰にあてた。

「料理は、夏期講習で経験済み」

雛子が得意気に胸を張る。

バーベキューは料理と言っていいんだろうか……？

「ええと、じゃあ皮むきを頼んでいいか？」

「お任せあれ……！」

刃物（はもの）も火も使わせない仕事は皮むきしかない。

ピーラーの使い方はバーベキューで教えたから、きっと大丈夫だろう。

「雛子、甘（あま）めと辛（から）め、どっちが好きだ？」

「んー……甘め」

「分かった。じゃあ隠し味にこれを……」

冷蔵庫の中から見つけたものを、俺は鍋に入れた。

「チョコ？」

「ああ。これを入れると甘みとコクが出て美味しいって、百合が教えてくれたんだ」

「おぉー……楽しみ」

百合曰く、カレーはアレンジでいくらでも味を変えられるから、決定的な隠し味を見つけるよりも、食べる人に合わせて隠し味を変えた方がいいそうだ。ちなみに百合が何度も試してくれた結果、俺は味噌が好きだと判明した。

「雛子、そこのジャガイモ取ってもらっていいか？」

「ん。……にんじんの皮も剥けた」

「ありがとう。そこに置いといてくれ」

雛子と二人で料理をする。

なんか、夫婦みたいなやり取りだな――という感想は必死に押し殺した。

雛子から渡された野菜を切り、鍋に入れる。

にんじんの皮むきが終わっているみたいなので、手を伸ばす。

ぴたり、と雛子と肩が触れた。

「ご、ごめん」

「……ん、ぃ」

雛子が顔を赤く染め、変な声を出した

キッチンが狭いせいで、どうしても距離が近くなる。ここは此花家の屋敷でもなければ広々とした砂浜でもないのだ。

一度意識すると、どうしても気になってしまう。さっきまでは問題なかったのに、服が擦れ合うだけでお互い手が止まるようになった。

雛子は俯きながら無言で皮むきを続ける。

俺も、むず痒い気分を堪えながら野菜を切った。

◆

「ごちそうさま」

無事に完成したカレーを、雛子と一緒に堪能した。

「満、足……！」

「それはよかった」

普通の味だが、雛子は満足してくれたらしい。

腹が満たされると眠たくなってくる。一瞬軽く横になろうかと思ったが、静音さんがそろそろ帰ってくるかもしれないので我慢しておく。

「テレビでも点けるか」

近くにあったリモコンを手に取り、最新の薄型テレビに向ける。静音さんが用意してくれた家電の一つだ。

テレビを点けると、ニュースが流れた。

「そういえば、雛子はテレビとか見ないのか？」

「ん……あんまり」

ごろんと横に転がった雛子が、その頭を俺の膝に乗せる。

甘えている猫みたいだ。

こういうのは、意識せずに済むのになぁ……。

キッチンで肩が触れ合った時はぎこちなくなってしまったが、膝枕をしている時は何故かお互い落ち着いている。慣れているからだろうか。

雛子の頭を撫でながら、特に興味もないニュースを見る。

『では次のニュースです。此花電機は先日、新たな先進光学衛星の開発を発表し――』

　アナウンサーの口から此花の二文字が出た瞬間、雛子は目を閉じた。

「こういうのが、あるから」

「……なるほど」

　プライベートくらい、家のことを忘れたいのだろう。

「でも……学院ではテレビを見てる人も多い」

「そうなのか」

「ニュースは勉強にもなるから。パパも、できれば見ておきなさいって言ってた」

　世間を勉強するには、ニュースは丁度いいだろう。

　しかし雛子は今朝、猛烈にやる気を燃やして一週間分の課題をこなした。静音さんには甘やかすなと言われているが、今日くらいは勉強のことを忘れていいだろう。

「じゃあ、バラエティにしておくか」

　チャンネルを変える。

　一応、友成家にもテレビはあった。もっとも、こんな最新鋭のテレビではなく、父が中古で安く買ってきてくれたものだが。

　そういえば、こんな番組もあったなぁ……。

　バイトが休みの日は、母と一緒に内職の仕事をしながらテレビを見ていた。あの時もこの番組が流れていたはずだ。

しかし、司会が俺の知っている芸人ではない。いつの間にか交代したようだ。

そういえば俺も屋敷に住むようになってからは一度もテレビを見ていない。勉強用にノートパソコンを貰(もら)ったので、最近のニュースを知るだけなら十分事足りていたのだ。

街を歩いていた時も、何回か景色の違いを確認できた。店の看板が新調されていたり道路の色が変わっていたり、少しずつだが確実にこの街は変化している。

この先、俺は少しずつ今まで見知ったものを知らなくなっていくかもしれない。

「……伊月は、こんなふうに暮らしてたの？」

膝の上で転がる雛子が、小さな声で訊いた。

「まあ、そうだな。大体こんな感じだ」

「……そっか」

雛子が相槌(あいづち)を打つ。

単に眠たいだけかもしれないが、その顔はどこか悩(なや)んでいるようにも見えた。

「どうだ？　庶民(しょみん)の生活は」

「……楽しい」

寝返(ねがえ)りを打ちながら雛子は答える。

「皆、私のことそんなに見ないから。凄く気楽で過ごしやすい」

雛子は想像以上に楽しんでくれたようだった。

しかし皆雛子のことを見ていないと言えば嘘である。こんな容姿端麗な少女、滅多にいない。雛子は普通に注目を浴びていた。ただ、視線の質が違ったから気づかなかったのだろう。興味や関心といった意味での視線は集めていたが、いつもみたいな、お嬢様としての振る舞いを期待する視線はなかった。

「それに……あったかい」

雛子は優しく微笑み、感慨深い様子で語る。

「商店街でも言ってたな」

「ん。……皆、伊月のことが好きそうだった」

俺？　と首を傾げる。雛子は続けた。

「色んな人が、伊月に話しかけてた。伊月は、それが商店街の距離感なんだって謙遜してたけど……伊月だから、皆ああして声を掛けてきたのも、あると思う」

そう言われると謙遜も難しくなる。

でも、それなら――。

「……雛子も」

こちらを真っ直ぐ見つめる雛子に、俺は言った。

「昔は違ったかもしれない。でも今は、きっと雛子も……あったかいんじゃないか？」

天王寺さんに成香、旭さんに大正。今の雛子は、赤の他人よりもほんの少し心を許せる相手ができたはずだ。

演技が疲れるのは事実だろう。

でも、雛子の傍にいた俺だからこそ、その変化には気づいた。雛子は彼女たちと関わっている時、いつもより肩の力を抜くことができている。

「……そうかも」

雛子は安心したような笑みを浮かべた。

「全部、伊月のおかげ」

「そんなことないだろ」

「ううん……伊月のおかげ」

その視線を落とし、雛子は言う。

「なのに、私は……」

雛子はしばらく口を噤み、沈黙した。

先程まで楽しそうだったのに、急に落ち込んだような素振りを見せた。どうしてそんな態度をするのか、俺には全く心当たりがない。

「伊月は、こういう暮らしが好き……？」

「……そうだな。これはこれで好きだと思う」

好きというか、馴染み深いというか。

昔みたいな貧乏生活が好きというわけではない。ただ、この雑多な雰囲気の街で、今日みたいに生きていくのも決して悪くはないだろう。

「戻りたい、とは………」

小さな声で、雛子は何かを言おうとした。

だがその消え入りそうな声は最後まで続くことなく、雛子は再び口を閉ざす。

「雛子？」

「………なんでもない」

ごろん、と雛子は転がり、俺の膝上から下りた。

そのままゆっくり立ち上がる。

「お風呂、入る」

「ああ。じゃあお湯を沸かすか」

ユニットバスに入り、湯を張る。

お湯はすぐに溜まりそうだった。雛子はのそのそと鞄の中から着替えを出し、風呂場へ向かおうとする。

「……伊月？」

ふと雛子はこちらを振り返り、不思議そうな顔をした。

「なんで、着替えないの？」

「えっ」

「お風呂、一緒に……」

「……いや、いやいやいや」

至極当然であるかのように言う雛子に対し、俺は額に手をやって答えた。

「その、今日は止めとこう。この家の風呂は狭いし」

「むー……」

雛子は頬を膨らませて不満を示したが、やがて観念したように頷いた。

「じゃあ……髪だけ、洗って」

そう言って雛子はいつもの水着を持って風呂に入った。

ドアの向こうから、しゅるりと布の擦れ合う音がした。しばらくすると、ちゃぽんと水の音がする。気にしない、気にしてはならない……俺はテレビの音量を上げて、大して興味もないバラエティ番組を凝視した。

「伊月ぃー……」

「……はいはい」

こちらの気も知らないで、雛子は暢気な声色で俺を呼んだ。

ドアを開けると、雛子がのんびり湯船に浸かりながら寛いでいた。

「じゃあ、髪……洗って」

「ああ。……その前に、まず湯を抜かないとな」

ユニットバスは、湯を張った状態で髪や身体を洗えるような設計をしていない。

風呂の栓を抜きながら、俺はシャワーを手に取った。

「目を閉じてくれ」

「ん」

髪がまだ濡れていなかったので、シャワーをかける。

このまま洗えば俺の手とか服とかが水と泡だらけになりそうだが……まあ、そのくらいはいいだろう。服も身体も後で洗えば済む話だ。

風呂の縁に腰を下ろし、雛子の髪を洗った。

ちょっとだけ体勢がキツい。

「流すぞ」

「んー……」

髪につけたシャンプーを洗い流す。

風呂は狭いが、シャンプーなどは静音さんがきっちり用意してくれていた。次はどれを使えばいいんだったか、探していると……。

「あ、づいぃ……」

雛子が掠れた声で言った。

言われてみれば俺も熱い。水の温度ではなく風呂場の気温だ。いつもは広々とした風呂に入っていたので気にしていなかったが、この風呂は狭いので熱気が籠りやすい。屋敷の風呂とは勝手が違う。換気も大して利いていないようだった。

「大丈夫か？　今、水を冷たくして……」

「だめ……一回、出るぅ……」

雛子が限界らしいので、俺はすぐ床にバスタオルを敷いた。

「って、うおっ⁉」

リビングに出た直後、雛子が全身を俺に預けてきた。

雛子の身体を伝って水滴が俺の頬に垂れる。

すっかりのぼせてしまった雛子は、目を閉じて怠そうにしていた。

取り敢えずエアコンを点けて、冷たい水でも用意しよう。そう思った時、

「ただ今、戻りました」

玄関のドアが開き、静音さんの声がした。

静音さんは靴を脱ぎ、そして——水着姿の雛子を抱き留めている俺を見て、その目から光を消した。

「けだもの」

「違うんです」

◆

その日の夜。

テーブルを隅に寄せ、三人分の布団を敷き、就寝するために電気を消した後。

「……あの」

暗闇の中。身体の側面を壁にくっつけながら、俺は言った。

「なんか俺、端っこ過ぎませんか？」

「前科がありますので」

仕切りの向こうから、静音さんの声が聞こえた。

本来なら部屋の中央辺りに仕切りを置き、男女でスペースを分ける予定だったが、諸事情でその仕切りがかなり壁際に置かれていた。元々女性の方が多いので、四対六くらいで部屋を分ける予定だったが、今は一対九である。

「本当に誤解なんです。わざとじゃないんです」

「わざとじゃないなら何をしてもいいのですか？」

ぐうの音も出ない正論だった。

反論の言葉は浮かばない。これ以上の言い訳はよそう。

ただ、気のせいでなければ、静音さんがいつもより少しだけ厳しいように感じた。こういうことは屋敷でもよくあるが……いや、よくあるからこそいい加減注意した方がいいと判断したのかもしれないが、今まではここまで厳密ではなかったはずだ。

「……静音」

その時、雛子が小さな声を出す。

「伊月、可哀想。折角、久しぶりに帰ってきた家なのに……」

なんていい子なんだ……。

涙が出そうになる。

そんな雛子の言葉を受け、静音さんは……静かに吐息を零した。

「華厳様が、心配なさっています」

真剣な声音で、静音さんが言った。

「自覚しているかどうかは分かりませんが、本日の華厳様の仕事ぶりは、いつもよりほんの少しだけ精彩に欠けていました。……華厳様は、私たちのことを信頼しているからこそ今回のことを許可したと仰っていましたが、やはり内心では一人の親として不安も感じているのでしょう」

眠気が覚める話だった。

言われてみれば当たり前のことだ。まだ高校生の娘が、普段住んでいる家を一週間も離れ、同世代の男とこんな小さなボロ家で過ごすことになるのだから。

屋敷なら何かがあってもすぐに駆けつけられる。使用人の目も行き届いている。けれどこの家は華厳さんの力がすぐには届きにくい。

夏期講習の時は許された。

でも今回は不安に感じられている。

二つの違いは……やっぱり俺だろう。

夏期講習では、俺と雛子は別々の部屋で過ごした。静音さんも常に傍にいた。だから華厳さんは今回ほど不安になっていなかったのだ。

しかし今回は、静音さんは仕事で何度か別行動をするし、俺と雛子は同じ屋根の下で過ごすことになる。護衛が周りにいるとはいっても、プライバシーを侵害するわけにはいかないし、流石に家の中までは見ていないだろう。

必然と、この小さな家の中で、俺と雛子が二人きりの時間は増える。

華厳さんが信頼と不安を感じているのは、雛子のことではない。

……俺だ。

俺が、華厳さんを不安にさせているのだ。

「すみません。軽率でした」

深く反省して、謝罪した。

華厳さんは厳しい人だ。しかし理不尽ではない。

やるべきことをやれば、あとは自由に過ごしていい。華厳さんはずっとそういうスタンスで雛子や俺に接している。そして、やるべきことを厳しくしているからか、せめてその後の自由くらいはできる限り尊重しようとしている。

だから俺たちがこの家に泊まる許可を出したのだろう。ここ最近は日課もしっかりこなしているし、夏期講習の試験でも俺たちはちゃんと成果を出したから。

でも、やっぱり親としては心配なのだろう。

華厳さんは俺のことを信頼してくれているのだ。それを俺は、大して自覚することもなく過ごしていた。

だから不安にさせてしまった。

「伊月さんのおかげで、お嬢様は変わられました。……そして、お嬢様のおかげで、華厳様も変わりつつあります」

静音さんは語る。

「私は、その変化を良いものだと思っています」

だからこそ、その変化を後悔させるような真似はしないでほしい。静音さんは暗にそう言っていた。

仕切りの向こうで誰かの立ち上がる気配がする。

静音さんが仕切りから顔を出した。

「今回は、お嬢様の優しさに免じて許してあげましょう」

「ありがとうございます」

仕切りを本来の位置へ戻す静音さんに、俺は礼を述べた。

「話は変わりますが、明日の予定は決まっているのですか？」

静音さんが訊(き)いた。

「夕方に百合の家へ行ってきます」

「でしたら夕飯は必要ありませんね」

「はい」

しかしそうなると、また静音さんだけ夕飯が別になるわけか。

今日も静音さんは、俺が風呂に入っている間にカレーを食べていた。本人は気にしていない様子だが……。

「その、静音さんも来ますか？」

「遠慮(えんりょ)しておきます。……そのくらいの空気は読みますよ」

静音さんは大学生とのことなので、年齢(ねんれい)はそこまで離れているわけではない。ただ、雛子が傍にいる限り、静音さんは使用人としての立場を守る必要がある。

貴皇学院の皆(みんな)と遊ぶ時なら問題ないが、今回は使用人という立場に不慣れな百合がいるので気を遣っているのだろう。夏期講習でのやり取りを考えると、そこまで気にしなくてもいいと思うが、遠慮すると言っている相手に無理強(むりじ)いするのも憚(はばか)られた。

「夕方までは何をするのですか？」

「勉強しようと思います。そろそろ予習もした方がよさそうなので」

「殊勝な心がけです」

雛子は一週間分の日課をまとめて終わらせたが、俺の日課は終わっていない。

今朝、俺は改めて雛子の地頭のよさを思い知った。あれは尊敬するが真似できない。凡人の俺は、努力の積み重ねを怠ってはだめだ。

「ただ、そのまま直行するのも勿体ない気がするので、ちょっとくらい何処かへ寄り道しようかなとは思っていますが……」

何処へ行くかはまだ決めていない。

無理に予定を入れる必要もないし、明日適当に決めてもいいだろう。

そう思っていると、

「……学校」

雛子の小さな声が聞こえた。

「伊月が通ってた学校を、見てみたい」

「……じゃあ、そうするか」

学校の中に入るのは難しいかもしれないが、外から眺めるくらいはできるだろう。

俺も久々に学校の様子を見てみたい。

明日の予定が決まったところで、俺は眠りについた。

二章◆心が読める男

カーテンの隙間から、朝日が溢れ出していた。

目が覚めて最初に違和感を覚える。背中の感触がいつものベッドと違った。

「……そうだ」

ここは此花家の屋敷じゃなかった。

気づけば俺にとってのいつもは、この家での日々ではなく、あの屋敷での日々に変化していた。違和感と馴染み深さの間で揺れながら、少しずつ頭が覚醒していく。

多少の清掃やリフォームはされたみたいだが、寝転がって見る景色は以前と殆ど変わらない。子供の頃から何千回と見た天井が目の前にあった。

「起きましたか」

顔を洗うために洗面所へ向かおうとしたところ、声を掛けられた。

振り向けば、部屋着の静音さんがこちらを見ている。

「おはようございます。早起きですね」

「習慣です。伊月さんこそ早い方だと思いますよ」

時刻は午前七時。何も予定がなければもう少し寝ていてもいい時間だが、俺も習慣で目が覚めてしまった。

高校生になってバイトを始められるようになってからは、この時間に起きることが多かったのだ。主に新聞の配達で。

「静音さん、今日も仕事ですか？」

「ええ。といっても午後からですが」

午前中はゆっくりできるらしい。

よかった。今日は静音さんも多少は息抜きできるみたいだ。

「雛子は起こしますか？」

「……今日くらいはゆっくりさせましょう。昨日は頑張ったみたいですから」

同感だ。

床の軋む音を最小限に抑えるよう、ゆっくり歩きながら洗面所へ向かう。

顔を洗った俺は、改めて静音さんの姿を見て、少し硬直してしまった。

「どうしましたか？」

「いえ、その……色々、新鮮だなぁと思って」

　基本的に静音さんは常にメイド服を着ているので、それ以外の服装に身を包んでいる姿は貴重だ。可愛らしくてふわふわした感じの部屋着を好む雛子と違って、静音さんはシンプルなスウェットを着ていた。

「……あまり見ないでください」

　その反応もまた新鮮で、少し気になってしまうが、これ以上注目すると怒られそうなので俺は目を逸らした。

　静音さんは仕切りの位置を少し調整し、共用スペースであるリビングを広めにした。

　その動きに合わせ、俺は壁に寄せていたテーブルを中央に持ってくる。

「さて、では朝食の用意でもしましょうか」

「あ、簡単なものでしたら既に作っていますよ」

「そうなのですか？」

「昨日カレーを作るついでに用意したんです。まあ本当に簡単なものですけど」

　そう言って俺は冷蔵庫を開ける。

　あらかじめ中に入れていた皿を取り出した。

「サンドイッチです。ツナと卵があります」

　カレーを煮ている間、スマートフォンで調べながら作ったものだ。

「ありがとうございます」

人数分用意しているので俺も静音さんの正面に座り、食べ始めた。雛子の分もあるにはあるが、昼まで寝そうなら俺が食べておこう。

サンドイッチの味は我ながら悪くなかったが、ほぼ食材頼りである。高級ツナ缶に高級食パンがあったので、そのまま使用してみた。

「本日は学校を見に行くのですよね？」

「その予定です」

「同級生と会った場合、今の状況をどう説明するか考えていますか？」

全く考えていなかった。

中途半端な時期に学校を辞めたわけだし、再会すれば確実に近況を尋ねられるだろう。どう説明するか考えなければならないが……此花家に迷惑をかけないことを最優先するなら、そもそも会わない方がいいかもしれない。どう説明したって、ボロが出る可能性は否定できないのだから。

「……行かない方が、いいでしょうか？」

「慎重に慎重を期するならその通りですが、その考え方を貫こうとすれば、伊月さんは今まで出会った全ての人間とお別れしなくてはなりませんからね。いくらなんでもそれは心苦しいので、華厳様も許可しています」

確かに此花家のためとはいえ、全ての旧友と決別するのは流石に抵抗がある。

「貴皇学院に通っていることまでは説明してもいいことにしましょう。お嬢様との関係はただのクラスメイトということで」

「俺が学院に通うことになった切っ掛けはどうします？」

「養子になったからということでいいでしょう」

中堅ＩＴ企業の社長に養子として迎えられたという設定が、ここでも活きそうだ。

「お互い、慣れてきましたね」

静音さんの発言に俺は苦笑する。

ペテン師にでもなった気分だ。

ふと静音さんの方を見ると、食事の手が止まっていることに気づく。

美味しくなかっただろうか？　俺は問題なく食べられたが、屋敷で出される料理と比べると当然劣っている。

「すみません。あまり口に合いませんでしたか？」

「いえ……偶にはこういう朝食も悪くないなと思っていました」

微かに笑みを浮かべながら、静音さんは言った。

静音さんは丁寧にサンドイッチを咀嚼し、飲み込む。嘘を言っている様子ではない。

「静音さんは、使用人になる前はどんな生活をしていたんですか？」

「普通ですよ。少しだけ家が裕福で、少しだけいい学校に通っていましたが、生活水準は一般家庭と大差ありません。……なので、こういう食事にも馴染みがあります」

それは初めて聞いた。

そういえば、静音さんとこうして二人で話す機会は滅多にない。

俺は静音さんについて知らないことが多かった。

「ご馳走様でした。美味しかったですよ」

演技中の雛子に勝るとも劣らない上品な所作で、静音さんは朝食を終える。音もなく椅子を引いて立ち上がった静音さんは、俺の手元にあった空いた皿を自らの皿に重ねた。

「お皿くらいは私が洗いましょう」

「俺も手伝いますよ」

「二人分のお皿しかありませんし、私一人で十分です」

静音さんは慣れた手つきでキッチンに立った。

洗った皿は、清潔な布巾ですぐに水気を拭き取り、棚に置く。

その皿を俺は手に取ってみた。

「………ピッカピカだぁ」

凄い。

皿洗いって、やる人によってこんなに変わるのか。

「まだまだ伊月さんには負けませんね」

「……一生勝てませんよ」

「ええ。負ける気はございません」

半ば冗談のつもりで言ったが、静音さんは当然のように肯定した。

ただ、その表情はどこか楽しそうに和らいでいた。

◆

昼過ぎくらいまで、俺はひたすら勉強に集中した。

時折雛子の様子が気になったが、起きてこないあたり熟睡しているらしかった。屋敷にあるふかふかのベッドと違うから寝にくいかもしれないと思ったが、よく考えたら雛子は隙あらばいつでもどこでも寝ているので全く問題なさそうだ。

静音さんは午後から仕事だと言っていたわりには、護衛と打ち合わせがあるとかで朝から外出しており、かれこれ三時間ほど帰って来なかった。……もしかして気を遣って一人にしてくれたのだろうか。

二人のおかげで静かに勉強できた俺は、日課にしている予習と復習を半分ほど終わらせる。残り半分は夜にやればいいだろうということで――。

午後四時。

俺は雛子と二人で、以前通っていた高校に向かった。

「着いたな」

通学路を歩いているだけでも懐かしさは込み上げていたが、学校の前に立つと筆舌に尽くしがたい感慨深さが溢れ出てくる。

「ここが、伊月の通ってた学校……？」

「ああ」

緑色のペンキで塗られた校門、その先にあるグラウンドと校舎。俺が一年間過ごした高校が目の前にあった。

三年間通った小学校や中学校と比べると、この高校に通ったのはたったの一年だが、いざ目の当たりにすると意外と色んな思い出が頭を過る。夜な夜な眠気と戦いながら対策した定期試験も、限界まで体力を使い切った体育祭も、そういえば一年目はこの学校で経験したんだった。

「普通の学校を見た感想はどうだ？」

隣の雛子へ尋ねる。

雛子はぼーっとした目で学校全体を見つめて、答えた。

「……小さい」

「……これが普通なんだ」

貴皇学院が大きすぎるのだ。

貴皇学院と比べると、この学校は当然小さいし、正直に言うとちょっと汚い。どうして学校の周りにある看板や横断歩道はボロボロのものが多いのだろうか。校門の塗装もところどころ剥がれている。

私立の学校ならまた話も違ったかもしれないが、公立の学校なんて大体こんなものだ。

「中学校とかも、こんな感じだったの……？」

「そうだな。中学校も小学校も、大体こんな雰囲気だったと思う」

どの学校も、貴皇学院と比べれば似たようなものだろう。

つくづくあの学校が特別であると分かる景色だ。

「狭いように見えるだろ？　でも意外とこれで十分なんだ。この学校にはカフェなんて入ってないし、観賞用の庭園もないからな」

貴皇学院には普通の学校にはない様々な施設がある。それだけでなく、図書館や体育館の規模も大きい。学習する分野や経験すべきとされる競技の種類が、普通の学校と比べて幅広いからだ。だからあれだけ広大な敷地になっている。

しかし、普通の学生ならこのくらいで十分なのだ。

俺はこの学校に通っている間、学生として不自由を感じたことはない。勉強できる環境は整っていたし、治安も悪くなかった。苦学生にしてはそれなりに平穏な日々を送ることができたと思う。

「伊月は……ここで、過ごしてたんだ」

過去を懐かしむ俺の隣で、雛子はどこかしんみりとした雰囲気で呟いた。

その細い手で、雛子はそっと校門の鉄柵を撫でる。

「学校……もう始まってるの？」

「いや、まだ夏休みだ。だから今、学校にいるのは部活している生徒だな」

グラウンドを見る限り、陸上部とハンドボール部、野球部が活動しているようだ。耳を澄ませば金管楽器の音が聞こえるので、校舎の中では吹奏楽部も活動しているのだろう。

「伊月も部活に入ってたの？」

「いや、俺は帰宅部だった」

「帰宅部？」

「……帰宅部なのに、部活に入ってないってことだ」

「部活に入ってない？」

雛子が不思議そうに首を傾げた。

お嬢様の辞書に帰宅部という単語はなかったみたいだ。

「……伊月？」

その時、誰かに声を掛けられる。

微かに聞き覚えのある声だと思って振り向けば、

「お、伊月じゃん！」

「えっ、嘘⁉　超久しぶり！」

いつの間にか、俺たちのすぐ傍に四人の男女がいた。

二人の男子と二人の女子。彼らの顔を見てすぐに気づく。

かつての同級生たち――俺の元クラスメイトたちだ。

「……久しぶりだな。何してたんだ？」

「俺らは近くの公園でだらだらゲームしてたんだよ。飯食って、そろそろ帰るつもりだったんだけど、途中で学校でも見ていこうかなって」

「うちらは図書室で勉強してたの。その帰りに、こいつらと会ったってわけ」

どうやらこの四人で合流したのはほんの先程のことらしい。

だから男子は私服で女子は制服なのか。

「ていうか、お前！　何処行ってたんだよ！」

「そうよ！　二年生になったら急に消えてて、びっくりしたんだから！」

四人に迫られながら質問される。

「ははは、その、悪い……」

やっぱりその話題になるか。

できれば誤魔化したいところだが、流石にそうは問屋が卸さないみたいだ。まあ仕方ない。逆の立場なら俺だって絶対に質問している。

「ところで、そっちの子は……？」

四人の勢いを一旦落ち着かせたのは、雛子の存在だった。

一人の女子が口にした疑問に、残る三人もその視線を雛子へ向ける。

お嬢様モードをオンにした雛子は、朗らかに微笑んだ。

「はじめまして、此花雛子といいます」

ほわっ、と男子の口から変な声が漏れた。

男子だけではない。雛子の上品で可憐な所作に、女子たちも見惚れている。

貴皇学院の生徒ですら、高嶺の花だと感じているのだ。庶民である俺たちにとって、雛子の立ち居振る舞いはしばらく放心してしまうほど美しかった。

「ちょ、ちょっとこっち来い、伊月！」

我に返った男子たちが、俺の腕を引っ張った。

「お前！　なんだ、あのめちゃくちゃ可愛い子は！」

「どこで知り合ったんだ！　言え！　俺にも恵んでくれ！」

こいつら、本当に昔から変わらないな……。

「男子、最っ低」

「……まあ、分からなくもないけど」

女子たちは雛子に夢中になる男子を軽蔑の眼差しで見ていた。

とはいえ、そんな彼女たちも雛子の気品は認めるらしい。

近況を説明するなら今だろうと思い、俺は四人に向かって口を開く。

「実は俺、今は貴皇学院に通っているんだ」

「貴皇学院って、あの超エリート校の⁉」

「お金持ちしか入れないって噂の!?」

首を縦に振る。

俺と同じように、貴皇学院の名声は誰もが知っている。

「皆もなんとなく知ってると思うけど、俺の家は色々苦しくてな。それで最初はただの退学になる予定だったんだけど、とある企業の社長から養子にならないかって誘われて、その縁で貴皇学院に通うことになったんだ」

「養子って……そんなの実在したのかよ」

俺の場合は嘘だが、天王寺さんの例があるのでちゃんと実在はする。

「で、こちらの此花さんは、学院のクラスメイトだ」

雛子が静かにお辞儀する。

一先ずこれで彼らの疑問には全て答えることができただろう。

「本当にただのクラスメイトか～？」

「ただのクラスメイトだ。さっき偶々会ったから、折角だし地元を案内している」

一緒に住んでいることなどは言うべきではない。

この手の誤魔化しにはもう慣れたもので、俺は顔色を変えることなく告げた。

すると元クラスメイトたちは「ふ～ん」と信用しているような、信用していないような目で俺と雛子を交互に見る。

「貴皇学院ねぇ……まあ、俺たちの予想する最悪と比べりゃ遥かにマシか」

「最悪？」

首を傾げる俺に、男子が「ああ」と頷いた。

「お前、変な消え方したからめっちゃ噂になってるぞ。マグロ漁船にいるとか、アマゾンで自給自足してるとか」

「なんだそれ……」

いや、そういえば夏期講習で百合と再会した時に説明されたような気がする。他には奴隷オークションで売られたとかいう変な噂もあったんだったか。

「こんなとこで話していても埒が明かねーな。俺、このあとコイツの家で遊ぶつもりなんだけど、伊月も来ねぇか？」

「ていうか来いよ。久々の再会だし、飯くらいなら奢ってやるからよ」

男子たちからお誘いを受ける。

一方、雛子も女子たちに迫られる。

「此花さんだっけ？　ねえ、よければ私たちも一緒にご飯とか行かない⁉」

「そうそう！　色々訊きたいことあるしさ！」

「え、えぇと、私は……」

俺はともかく、お嬢様モードに入った雛子がこれを断るのは少し難しそうだった。

貴皇学院の優雅な生徒たちと違って、ここにいる男女はよくも悪くもその辺りの遠慮がない。俺にとっては普通でも、雛子にとっては押しが強いと感じるだろう。

「こらーっ！」

その時、遠くから甲高い声が聞こえた。

声がした方を振り向けば、遠くに豆粒みたいな人影が見える。

近づいてくるその人影は見知った少女の姿をしていた。

「お、平野じゃん！」

「百合っち！　久しぶり～！」

「はいはい、久しぶりねー」

俺よりも早く元クラスメイトたちが百合に声を掛ける。

そういえば今は夏休み。元クラスメイトたちにとってもこれは久しぶりの再会なのかもしれない。

百合はすぐに元クラスメイトたちと俺たちの間に割って入った。

「そんなに皆で囲ったら、二人とも困っちゃうでしょ。伊月はともかく、此花さんはそういうノリに慣れてないんだから」

俺はともかくという一言は余計じゃないだろうか。

「あれ、百合っちは此花さんと知り合いなの？」

「バイト先で偶然会ったのよ」

「あ〜、軽井沢だっけ？　確かにお嬢様がいてもおかしくなさそう」

百合がリゾートバイトをしていたことは皆知っているらしい。

「というわけで、二人はこれから私の家に来る予定だから、皆とはまた今度ね」

「えぇ〜！　独り占めすんなよ〜！」

「今日は元々そういう予定だったの！　はい、散った散った！」

百合が手をひらひらと振って、元クラスメイトたちに離れるよう圧をかける。

仕方ないな〜、とか色々言いながら、彼らは空気を読んで踵を返した。

その途中、二人の男子がこっそり俺に近づき、少し離れたところまで連れて行かれる。

「伊月。平野さん、ああ見えて結構本気で寂しがってたぞ」

「……そうみたいだな」

それは夏期講習で再会した時に薄々感じていた。

百合は、俺が思っている以上に俺との日々を大切にしてくれていたらしい。

「あんまり冷たくしてっと、俺が平野さん狙っちまうからな～」

「反省してるから、そういう冗談は言うな」

最後の最後まで下らないことを言う奴だなと思い、俺は溜息を吐く。

すると何故か二人とも目を丸くした。

まるで俺の態度がおかしいとでも言いたげに。

「お前、一応言っとくけど平野さんって結構モテるからな？」

「え」

なんだって……？

「え、じゃねーよ。誰に対しても気さくだし、どんな相談にも親身になってくれるし、今みたいに気遣いにも長けてるし。そりゃモテるだろ」

「うんうん。ていうか普通に可愛いしな」

隣にいる男も頷いて同意を示す。

「そう、なのか……」

言われてみれば、百合は異性に好まれる要素を揃えているかもしれない。二人が口にしたこと以外にも、料理上手だし、しっかり者だし、あれで女子力が結構ある。

百合が男女問わず慕われていることは知っていたが、恋愛的な意味でもそうだとは思っていなかった。

「伊月、何してるの？」

「い、いや、なんでもない！」

百合に呼ばれ、俺は誤魔化しながらそちらへ向かう。

去り際、悪友たちがニヤニヤと笑っていたが敢えて無視した。

「……ふぅ。これで落ち着けるわね」

元クラスメイトたちと離れ、三人だけになったところで百合は言った。

「百合、助かった。でもどうしてここに――」

「どうもこうもないわよ！　今日は初めて此花さんの家でバイトする日だったから、ちょっと楽しみだったのに！　いざ行ったら何でアンタたちいないのよ!!」

あ、ああ……そういえば、そうだった。

今日は百合にとって、記念するべき此花家でのバイト初日だった。折角だからその帰り道に同伴する形で百合の家へ行こうという話を最初はしていたのだ。

「……あれ？　でも俺、現地集合に変更って伝えたよな？」

「え、嘘」

百合は慌ててスマートフォンを取り出す。

「……ウキウキしてたから見逃してたわ」

「お前な……」

俺も念のためスマートフォンを取り出して確認した。

よく見れば既読がついていない。返事がなかった時点で再度連絡するべきだったか。

「ま、まあそんなわけで、バイトが終わった後、メイドの静音さんから伊月たちの居場所を聞いてここに来たわけ。……アンタ、今は元の家に住んでるみたいね」

「ああ。当分はこの街にいる予定だ」

「ふ～ん。その辺の話も聞かせてもらうわよ」

俺も百合も、高校まで徒歩で通える位置に住んでいるので、この街には小学生の頃からとにかく世話になっている。

俺の場合、交通費を抑えるために近い高校を選んだわけだが、その高校の偏差値が悪くなかったのは僥倖と言えるだろう。だから百合もこの高校を選んだ。

勝手知ったる街の景色を眺めながら、俺たちは歩く。

「あの喫茶店、前までなかったよな？」

「移転してきたのよ。前はほら、駅ナカにあったやつ」

「ああ、あれか。じゃあ今あの場所には何ができたんだ？」

「パン屋よ。夕方になるとよく並んでるわ」

駅ナカだし、通勤や通学で外の街へ出ていた人が買って帰っているのだろう。

たったの数ヶ月とはいえ、この街は変化を続けているらしい。

きっと俺が貴皇学院に通う前からそうだったのだろう。内側にいると気づかなかっただけで、外側から偶に振り向けば意外と見つけることができる。

「さて、そろそろ到着よ」

昨日通った商店街を抜け、駅から少し歩いてしばらく。

見慣れた店構えがそこにはあった。

「ようこそ、大衆食堂ひらまるへ‼」

百合は俺たちを元気よく歓迎した。

◆

午後五時頃に店へ入った俺たちは、まだ席も空いていたので少しだけ中で寛がせてもらい、日が暮れたあたりで食事をすることになった。

丁度、腹も空いた頃だ。

厨房から漂う匂いが空腹を刺激する。この雰囲気、この匂い、どれも久しぶりだった。

「はい、生姜焼き定食二つ」

テーブル席で数分ほど待っていると、私服の上に店名の入ったエプロンをつけた百合が料理を運んできてくれた。

「ありがとう」

「伊月はハンバーグじゃなくてよかったの？」

「夏期講習の時に食べたしな。今日は違うメニューにしようかと」

生姜焼きはバーベキューの時に百合が持ってきてくれていたが、実は雛子たちお嬢様が夢中になって食べてしまったので、俺は一口も食べられなかったのだ。

「いただきます」

手を合わせ、定食を食べる。

タレが絡んだ豚肉をご飯に載せ、一気に口に入れた。

「うん、やっぱり美味いな。これは百合が作ったのか？」

「お吸い物だけね。殆どお父さんよ」

それならお吸い物の方も食べよう。

大衆食堂ひらまるの定食についているお吸い物は、味噌汁や中華風スープなど色んなバリエーションがあるが、生姜焼きに定食についているのはネギとわかめのシンプルなスープだった。生姜焼きは味が強いので、お吸い物はあっさりしたものにしているらしい。

スープはとても飲みやすく、食が進む味だった。

「美味いぞ」

「わざわざ褒めなくていいわよ。……まあ嬉しいけど」

満更でもなさそうだ。

実際、美味いのだから褒めたくなる。お世辞でもなんでもないのだ。

「此花さんはどう？　お口に合えばいいけれど」

「とても美味しいです。本当に美味しい…………………うまぁ」

やばい。

美味しすぎて素の雛子が出ている。

幸い百合は雛子の変化に気づくことなく「よかった」と安心していた。

「私も食べようかしら。……お父さん、牡蠣フライ定食で！」

「はいよ！」

厨房にいる百合の父親が、大きな声で返事をした。

「百合、今日のバイトはどうだった？」

「大変だったわよ、色々と。……静音さん、仕事になると結構厳しいわね」

「ああ……そうなんだよ」

遂にこの厳しさを共有できる人が現れたか……。

ちょっぴり感慨深くなって、俺は大きく頷いた。

「でも、すっっっっごくいい勉強になったわ！」

百合は目をキラキラに輝かせて言う。

「あんな上等なキッチンで料理なんて、今までしたことなかったもの。リゾートバイトでも上品な料理は経験させてもらったけど、此花さんの家は更にこだわっていたわ。スパイスの分量は綿密に計算されているし、食材の特徴も学者みたいに細かいところまで熟知しているし。……出す料理に合わせてカトラリーの温度を変えるなんて、そういう技術があるのは知ってたけど、本当にやっている人たちは初めて見たわ」

相当いい経験ができたみたいだ。

こと料理に関しては、百合はストイックだ。必要なものは貪欲に求めるし、反対に不要と感じたものはバッサリ切り捨てる。そんな百合がここまで喜ぶのは珍しい。

「牡蠣フライ定食、お待ち！」

「ありがと」

百合は皿を持ってきた父親に軽く礼を伝えた。

その後、百合の父親は俺の手元にある皿を見る。

「伊月、そんなんじゃ足りないだろ？　ほれ、追加の肉だ！　食え食え！」

「あ、ありがとうございます……」

どんどん皿に載せられる追加の生姜焼きを見て、内心では不安を抱く。

食べきれるだろうか……。

「お父さん、伊月が困ってるわよ」

「うるせぇ。男はちょっと困るくらい飯を出されるのが丁度いいんだよ」

そう言って百合の父親は俺の顔をまじまじと見つめた。

「しかし伊月、しばらく見ないうちに随分逞しくなったな」

「そうですか？」

「おう。筋肉ついてるし、それに目に力が入ってる」

「目、ですか……？」

訊き返す俺に、百合の父親は深く頷いた。

「急にいなくなった時は心配したが、ちゃんと充実した生活を送れてるみたいだな」

百合の父親が安堵の表情を浮かべる。

俺は箸を置き、頭を下げた。

「はい。……ご心配おかけしました」

百合の父親は昔気質だがとても気遣いに長けている人で、俺は尊敬していた。だから追加で貰った大量の生姜焼きも、出された以上はちゃんと平らげてみせる。……多いけど。

実際、この人は俺以外にも男子高校生の客がいれば、大体こんな感じでサービスをしていた。少なくとも料理人として店で働いている間は、たとえ知り合いがいるからといって特別扱いはしない。それ以外の客に失礼だからだ。

こういう人だからこそ、百合も明るくて気遣いに長けた人に育ったんだろう。

俺みたいな両親がワケありの人間でも、この家の人たちは迎え入れてくれた。

この人たちには感謝しかない。

「まあ俺は正直そんなに気にしてなかったけどな。百合は心配してたが……」

「はい……ちゃんと百合にも謝りました」

「伊月としばらく会えなかったせいで、百合の奴、かなり塞ぎ込んでたんだぞ？　こっそり部屋へ様子を見に行ったら、隅っこで体育座りしながら『変なこと言ったかな？』『避けられてるのかな？』ってずっとブツブツ言ってて……」

「わああああああああああああああ！　お父さんっ!!　黙れっ!!」

「おっと、米が炊けたみたいだ」

顔を真っ赤にして怒る娘に対し、その父親は慣れた様子で退散した。

百合が無言でこちらを睨む。

俺は深く頭を下げた。

「その……本当に、心配かけてすみませんでした」

「……いいわよ。その件はもう夏期講習の時にやったでしょ。まったく、うちの父親は隙あらば余計なことを言うんだから」

百合は溜息交じりに言った。

その様子を見て、俺はつい微笑する。

「こういうやり取り、久しぶりだな」

「……そうね。またできてよかったわ」

百合も機嫌が直ったのか、小さく微笑む。

ふと、隣の雛子を見ると……どこか寂しそうな顔をしていた。

「此花さん？」

「……はい。どうかしましたか？」

雛子はいつも通り品のある笑みと共に振り向いた。

物憂げな雰囲気を感じたが、気のせいだろうか。俺は「いや」と首を横に振る。

目の前では、百合がじっと雛子の顔を見つめていた。

◇

食事を終えた百合は、すぐに厨房に戻って仕事を手伝った。

奥のテーブル席では伊月と雛子が仲睦まじく談笑している。時折伊月が腹を摩っているのはどう考えても食べ過ぎが理由だろう。もう少し店で休ませた方がよさそうだ。

ふと、休憩中である百合の父親が、伊月たちの席へ向かった。

伊月が父親と過去の話に花を咲かせている。その隣では、雛子が二人の会話を遮らないよう優しく微笑んでいた。

（……………本っっっっっっっ当に、伊月には過ぎた子ね）

可愛いし、上品だし、お淑やかだし。

まさに高嶺の花だ。何度見てもそう思う。

しかし見たところ二人の距離感は夏期講習の時と殆ど変わっていない。

何でもできそうな雰囲気はあるが、どうやら押しの強さは人並みらしい。

「此花さん、こっちこっち」

百合は雛子を手招きした。

雛子は首を傾げつつも、百合のもとへ来る。

「なんでしょうか？」

「あの二人、ああなるとしばらく話が続くから、ちょっと私たちも話さない？」

「話、ですか」

「ええ。二人きりでね」

百合は厨房に「休憩入りまーす！」と大きな声で告げ、エプロンを脱ぐ。すぐに厨房の方から「はーい！」と気持ちのいい返事が聞こえた。最近父親が雇ったらしい女性のアルバイトだが、なかなか手際がよくて頼もしい。

「ついて来て」

百合は雛子を店の裏側へ案内した。

階段を上ると突き当たりに二つのドアが見えた。左のドアを開け、百合は自分の部屋へ雛子を招く。

「散らかっててごめんね。今朝のバイトで、どんな服装で此花さんの家に行けばいいのか分からなかったからタンスをひっくり返してたのよ」

「いえ、大丈夫ですよ」

そう言いつつ、雛子は物珍しそうに辺りを見ていた。

今朝、此花家の豪奢な内装をこれでもかと目に焼き付けてきたが、この部屋とは大違いだった。庶民にとっては平凡な部屋でも、お嬢様にとっては違うかもしれない。

「この写真……」

ふと雛子が、机の前に飾ってある一枚の写真に注目した。

その写真には、体操服を着て鉢巻きを巻いた百合と伊月が写っている。

「小学校の運動会で撮った写真ね。……この頃は私の方が足速かったのに」

「そうなんですか？」

「伊月が運動できるようになったのは高学年くらいからよ。それまでは結構鈍臭いイメージだったんだから」

雛子は興味深そうに相槌を打っていた。

そんな彼女に、百合は提案する。

「よければ見る？　伊月の写真？」

「……折角なので、是非」

折角なので、と言えば本心が隠せるとでも思っているのだろうか……。

そう思ったが、百合も隠し持っていた伊月コレクション（という名のアルバム）をお披露目できる機会が遂に来た！　と思い、興奮気味に机の引き出しを開けた。

一番上の引き出しから、一冊のアルバムを出す。

アルバムを開くと、雛子は秒で釘付けになった。

「これは……」

「中学校の授業参観ね」

「授業参観？」

「貴皇学院にはないの？　親が子供の授業を見に行く行事なんだけど……」

「ありませんね。私たちの親は、忙しいことが多いので」

なるほど、それはありそうだと百合は思った。

この授業参観には伊月の親も来なかったが、あの両親に関しては忙しいからではないだろう。

「この頃の友成君は、なんていうか、その……」

中学時代の伊月が映る写真を見ながら、雛子は戸惑っていた。

「ちょっと目つきが悪いでしょ？」

「は、はい」

「今思えば、この頃の伊月は荒んでいたのよね。中学生にもなれば、否が応でも周りとの家庭環境の差を感じる機会が増えるから」

授業参観にせよ体育祭にせよ、クラスメイトの親を見る機会はいくらでもある。

小学生の頃は気にしなかったことも、多感な中学生になれば話が変わるものだ。

「でもほら、偶にこういう可愛い顔もするのよ」

「これは……可愛いですね」

「誕生日にケーキを作ってあげたら、想像以上に喜んでくれたのよね」

ケーキを頬張って満面の笑みを浮かべる伊月の写真だった。

最初はとても喜んでくれる伊月を見て百合たちも嬉しくなっていたのだが、その後で伊月が「生まれて初めて誕生日にケーキを食べた」と告げた時には、色んな意味で涙が零れそうになった。まあこれもいい思い出である。

「こちらは、先程の高校ですか？」

「そうね。入学式の時、一緒に撮った写真よ」

高校の校門前で、百合と伊月が肩を並べて写っている。

この頃は伊月も、まさか自分が貴皇学院に行くなんて思ってなかっただろうなぁ……。

「友成君、ちょっと眠たそうですね」

「こいつ、あろうことか入学式の当日に新聞配達のバイト入れてたのよ。そのせいで寝不足になって、入学式の最中もずっとウトウトしていたわ」

思わず「馬鹿じゃないの？」と言ったら「馬鹿だった」と伊月も認めた。

こういうところがあるから、つい世話を焼いてしまうのだ。

「スマホでいいなら、もっと色んな写真があるわよ」

百合はスマートフォンの画像フォルダを開き、雛子に画面を見せる。

「あ、これは今に近いですね」

「そうね。半年前に教室で撮ったやつだから」

「こちらは……落ち込んでいる顔ですか？」

「よく分かったわね。定期試験の結果が振るわなかったのよ」

女子同士の、きゃいきゃいとした会話がしばらく続く。

雛子は興味津々といった顔つきで、百合のスマートフォンの画面を凝視していた。

「平野さんは、友成君と写真を撮ることが多いのですか？」

「そうね。まあ、伊月の親はあんまりこういうのに無頓着というか、カメラを買うお金がなかったというか……だから私の親が代わりに沢山撮ってたのよ」

だから写真は現像して、伊月にも渡してある。

「と言っても、うちの家族が勝手にやってるだけだし、伊月がどう思っているのかは知らないけどね」

百合は軽く笑って言う。

伊月も自分のことになると無頓着なところがある。写真を渡した時は素直に感謝していた気もするが、実際どう思われているかは分からない。

「……大切にしていると思います」

雛子が、優しい声音で言った。——先日、伊月から電子辞書を借りた時、伊月は机の引き出しを開けていた。その中を雛子は一瞬だけ見ていた。

「友成君が使っている机の、一番上の引き出しに写真が入っていました。……きっと貴重なものだと感じているはずです」

「……そう」

伊月は百合と同じ場所に写真を保管していた。

きっと伊月も、昔の思い出を大切にしているのだろう。

「友成君は、とても楽しそうですね」

写真に写る伊月を見て、雛子はどこか儚げに言う。

その横顔を見て、百合は不思議に思った。

どうしてそんな顔をするのだろうか。

今の雛子は、夏期講習の時よりも物憂げな表情をすることが多かった。

まるで――以前よりも伊月と距離が空いてしまったかのように。

「……このままだと本題を忘れちゃうわね」

雛子の表情を見て、百合は彼女を部屋に招いた理由を思い出す。

「その、ね。話を聞きたかったのは、最近調子はどうなのかな～って……」

「調子……ですか？」

小首を傾げる雛子に、百合は複雑な顔をした。

どう言えばいいのだろう。下手に迂遠な言い回しをしたところで、この純粋そうなお嬢様には伝わらなそうだが……。

「えっと、ほら……私が夏期講習の最後に言ったこと、覚えてる？　あれ、今思えば本当にお節介だったなぁ～と思って……」

たはは、と百合は苦笑しながら言った。

実際のところ、お節介だったとは思ったが――後悔はしていない。

あの時は絶対に言うべきだと思ったのだ。雛子は、自分の中にある感情にいつまでも気づかず、ずっと不器用に傷つきそうだった。そんな少女を百合は見過ごせなかった。

とはいえ、それで余計に悩んでしまっては本末転倒。

百合としては、夏期講習ぶりに再会した雛子が色んな意味で吹っ切れている姿を期待していたが、現実は以前よりも更に悩ましげな状態に見えた。

「……そのことについて、実は私も平野さんに相談したいことがありまして」

「うんうん、なんでも訊いて」

百合は雛子の言葉を待つ。

雛子は、ゆっくり口を開いた。

「好きって、どういうことなのでしょうか」

その問いに、百合は一瞬思考を停止した。

「…………どういう、こと、かぁ」

ドラマや漫画で恋愛ものが山ほど生み出されるようになった昨今。よもや、そんな質問をする人間がまだこの世界にいるとは……。

純粋な瞳で問いかける雛子に、百合は自分の方が恥ずかしくなって顔を赤く染めた。

まさに漫画やドラマの世界にしか存在しないと思われた、純正の箱入り娘だ。

いっそここまでくると作り物のお嬢様とすら思える。

「ちょっと待って……何かいい手はないか、考えてみる」

辞書で調べた言葉の意味くらいならすぐにでも伝えられる。しかし多分、目の前の無垢な少女が知りたいのは、そういうことではないだろう。

この少女に好きという感情を、恋愛というものを教えるにはどうしたらいいのか。

数分ほど悩むが、結局、百合の口から回答が述べられることはなかった。

腹が満たされた俺たちは、百合の店を後にした。

百合の父親へ挨拶した後、店の前で少し百合と会話する。

「此花さん。さっきの相談については一旦保留ということで。また何か教えられることがあれば連絡するわ」

「はい、お待ちしております」

何のことだろう……？

俺が百合の父親と話している間、二人が席を外していたのは知っているが、何か相談事をしていたのかもしれない。

「百合と何を話してたんだ？」

「んー……内緒」

それなら無理に聞き出すべきではないか……と納得しようとしたが、正直気になる。普段俺に対してはなんでも必要以上に話してくれるからこそ、いざ秘密を作られるともどかしい気持ちになった。

「伊月……平野さんの父親とも仲がいいの？」

「まあ、色々と世話になったからな。百合の家でバイトしていた時もあるし……もしかしたら実の両親よりも、家族らしいことをしてくれたかもしれない」

高校の入学式の日も、俺は両親ではなく百合の家族と一緒に写真を撮った。両親は俺の学校行事に付き合ってくれたことが殆どない。そんな俺に百合の家族は他人とは思えないくらい親切にしてくれた。

だから俺にとって、百合の家は温かかった。

自分の家ですら滅多に感じられないほどの、アットホームな空気を感じられる。

（……羨ましいな）

長らく忘れていた感情が、久しぶりに蘇った。

仲睦まじい家族を見ていると、時折羨ましく感じてしまう自分がいる。一緒に食事をしたり賑やかに話したり……ああいう温かい距離感に餓えてしまう自分がいる。

たとえば家の玄関を開けた時、優しく「お帰りなさい」と迎え入れてくれる人がいるような……そんな日々に憧れることも少なくはなかった。

自分の境遇は受け入れているが、時折そんな気持ちが湧いてくる。

これは俺の持病というか……発作みたいなものなのだろう。

「ただいま」

家の玄関を開けると、反射的にそう言ってしまう。

誰かが返事をしてくれるわけでもないのに。……なんて思っていると、

「お帰りなさいませ」

キッチンで皿を洗っていた静音さんが、こちらを振り返った。

お帰りなさい。――その言葉が返ってくると思わなかった俺は、しばらく硬直する。

「どうしました？」

「……いえ、ちょっと……」

きょとんと首を傾げる静音さんから、俺は一度目を逸らした。

今、心のどこかで一番欲しかった言葉だった。どうせ手に入らないと思っていたのに急に与えられたから、頭が真っ白になっている。

目尻にじんわりと浮かんだ涙を引っ込めながら、俺は静音さんの方を見た。

「その……家に誰かがいるのって、いいなぁと思いました」

「……気持ちは分かります」

静音さんが優しく微笑む。

どうして俺が、仲睦まじい家族に対する「羨ましい」という感情を、つい最近まで忘れていたのか今になって気づいた。

雛子たちと一緒に過ごすようになったことで、満ち足りたからだ。

「皿洗い、俺も手伝います」

「帰ってきたばかりですし、休憩していただいても大丈夫ですよ」

「いや、手伝わせてください」

そう言うと静音さんは不思議そうな表情を浮かべつつ「ではお願いします」と頷いた。

アットホームな空気はここにもある。

そう思えることが、今の俺にとって何より嬉しかった。

◆

静音さんが最後の皿を洗い終え、手際よく棚(たな)にしまう。

静音さんはこれから此花家の仕事をやるようだった。流石(さすが)にそこまでは手伝えそうにない。今日やるべき分の勉強は終わったし、暇(ひま)になった俺はのんびり寛ぐことにした。

「お嬢様(じょうさま)、そろそろお風呂(ふろ)を沸かしましょうか？」

静音さんが仕事をしながら、ふと時計を見て訊いた。

「んー……今日は暑いから、明日入る……」

「それは駄目(だめ)です」

えぇー……、と雛子が呻(うめ)いた。

しかし気持ちは分かる。

「この家、エアコンの利(き)きが悪いよな」

今は八月の後半。そろそろ涼(すず)しくなるだろうと思いきや、まだ夜も暑い。

「アイス食べたいー……」

「……じゃあ買ってくるか」

俺は暇だし。

雛子も一緒に行くか？　と訊こうと思ったが、ここ数日の雛子はいつもより長時間外出していたため、見たところ疲労困憊(ひろうこんぱい)だ。外も暗いし俺一人で行くとしよう。

「静音さん、近くのコンビニに行ってきます」

「承知いたしました。夜遅いので、寄り道には注意してください」

言外に、多少の寄り道は許可するが、その場合は自己責任だぞと言われた。静音さんらしい注意の仕方である。……俺が久々に帰ってきたこの街の、夜の姿も堪能したいと思っていることもバレているのかもしれない。

外に出て、コンビニの方へと歩き出す。

「……この景色も、変わらないな」

住宅街の夜は、恐怖すら覚えるほど静寂に包まれている。その恐怖を紛らわすかのように変な興奮がやってきた。深夜までバイトした日の帰り道はいつもこんな気分だった。

お世話係になってからというもの、夜の街を歩いた記憶はない。

頼りない街灯の明るさや、掠れるような自分自身の足音を久々に感じた。

細い路地を曲がり、目当てのコンビニを見つける。高校入学当時、できれば家から近いこのコンビニでバイトしたかったが、生憎募集されていなかったことを思い出した。

店内に入ると、エアコンによって冷えた空気が肌に触れた。

アイスの売り場へ向かう。

その途中、しっかりしたスーツを着こなした、長身の男性とすれ違った。

……此花家の護衛だろうか？

上手（うま）く言葉では表せないが、普通（ふつう）の人とは異なる上品な佇まいだ。俺が貴皇学院に入ったばかりの頃、周りにいる上流階級の子女たちから感じていたものと近い。

此花家の関係者だろうか。頭の中で予想していると——。

「やあ」

男がこちらに戻ってきて、俺に声を掛（か）けてきた。

「……どうも」

どうして声を掛けられたのか分からず、俺は適当に挨拶を返す。

とんでもなく美形な男だった。線は細く、肌は白い。この体型で護衛はないなと思いつつ、だとしたらアイドルか何かだろうかと別の可能性が浮上（ふじょう）する。

「この店のおすすめを教えてくれないか？」

「おすすめ、ですか？」

コンビニで……？

居酒屋でバイトしている時ならともかく、コンビニでそんなことを訊かれたのは初めてだ。

見たところ育ちもよさそうだし、そういう人たちが好みそうなものを探してみる。

「この辺りのワインとかどうでしょう」

「うーん、そういうのじゃなくて、もっとこうコンビニっぽいものがいいな」

よかれと思ってワインをおすすめしたが、空回りしたらしい。

「それじゃあ、レジ前のホットスナックとかはどうですか？」

「ホットスナック？　……ああ、あれか！　店に入った時から気になっていたんだ！」

食べたことがないんだろうか。

どちらかと言うと、食べたことがないというより知らなかったような反応だが……。

「それと、よければお金を貸してくれないか？」

「……お金、ですか」

急に男の怪しさが激増した。

しかし、今の俺はお世話係の給料によってそこそこお金に余裕がある。ホットスナックなんて二百円もしないし、まあいいだろうと思って俺は百円玉を二枚渡した。

「ありがとう。君は優しいね」

男は真っ直ぐ俺の目を見て言った。

「俺、財布は持ち歩かない主義なんだ。その方が色んな縁を育めるからね」

「……はぁ」

ヒッチハイクの上級編みたいなものだろうか。

この人は明らかに怪しいが、何故かそこまで不安を抱くことはなかった。品のある風格がそうさせているのだろう。本来ならただの変人らしい発言の数々なのに、何故か、それが天才の片鱗であるかのように感じてしまう。

男がレジに向かい、ホットスナックを購入した。

雛子が待っているし、俺もアイスを購入しないと……。

男が店を去るとほぼ同時に、俺はレジに並び、三人分のアイスを出す。

「……伊月君？」

会計が終わった直後、店員の女性が驚いた様子でこちらを見た。

その声には聞き覚えがある。

「……足立さん？」

元クラスメイトの一人だ。

遠目に見ていると気づかなかったが、改めて確認すると間違いない。

「久しぶり、だな」

「うん。久しぶり」

お互いぎこちなく挨拶を交わす。

早々に、話の接ぎ穂を失ってしまった。

コンビニに他の客はいない。静まったこの空気が気まずさに変わるよりも早く、俺は次の言葉を捻り出した。

「ここでバイトしてるのか？」

「そう。お小遣いだけじゃ全然足りないからね」

そう言って、足立さんは俺の顔を見る。

「なんか伊月君、変わったね」

「そうか？」

「堂々としてるっていうか……背筋が伸びてるからかな。前よりきっちりしてる」

取り敢えず悪い意味ではなさそうだ。

背筋を伸ばしてきっちり振る舞うことは、貴皇学院の生徒として日頃から心掛けていることである。それを周りに言われると嬉しい。

「足立さんも、変わったな」

「へぇ、どういうところが？」

「なんていうか……見た目が派手になった」

直球過ぎたかもしれないが、それが素直な感想だった。

耳にピアスをしている。爪(つめ)にネイルをしている。髪(かみ)も少し染めている。

高校二年生になったことで、足立さんは許される範囲(はんい)でお洒落(しゃれ)を楽しむことにしたのかもしれない。しかし去年の彼女(かのじょ)はこうではなかった。足立さんは元々周りの空気を読んで縮こまるタイプではなかったけれど、見た目は落ち着いていた。少なくとも、自分から積極的に目立つことはしていなかった。

「イメチェンよ」

足立さんは短く答える。

イメチェン。その理由を推測した俺は、さっと視線を逸らす。

「なんで伊月君がそんな顔するの」

「いや、その……気まずくて」

「私が告白したから？」

「……まあ」

いい嘘(うそ)も思いつかないので、正直に頷く。

高校一年生の頃、俺は足立さんから告白された。当時はあまり自覚していなかったけれど、思えば彼女から頻繁(ひんぱん)に話しかけられていた時期がある。

しかし俺は、足立さんの告白を断った。

家庭環境が苦しくて、それどころではなかったから。

「イメチェンは伊月君と関係ないわ」

内心で安堵する。しかしその安堵を表に出すのも憚られたので、結果として変な顔で相槌を打ってしまった。

そんな俺を見て、足立さんは笑う。

「去年は色々あったよね」

足立さんは過去を懐かしみながら言う。

「私、伊月君にフラれたあと、ちょっと学校休んだじゃん？　あれ、ただの体調不良だって周りには言ってたけど、実は普通に凹んでたんだよね」

「……なんとなく、そうかもとは思ってたよ」

「えー。じゃあお見舞いにくらい来てもよくない？」

「俺が行ったら余計駄目だろ」

小さく笑うと、足立さんも笑った。

お互いに罪があるわけではないが、禊のような会話だった。

このぎこちない関係を、少しずつ元に戻すための。

「で、そんな私を擁護するためか、私の友達が伊月君のことを一時期嫌っちゃって……」

「あぁ……やっぱりあれ、嫌われてたのか」

「ごめんね。多分、私が変なふうに愚痴っちゃったのも原因だと思う。家庭環境の問題でフラれたって言うと、皆『それ絶対嘘じゃん』って盛り上がっちゃって……」

「いや、俺もあれは言い方が悪かった。家のこと、自分の口からは殆ど誰にも説明したことないくせに、いきなりそれを理由に断ってもピンと来ないよな」

話しながら、俺も当時のことを少しずつ鮮明に思い出した。

そうだった。

高校一年生の頃、俺は何もずっと華やかな青春を謳歌していたわけではない。時には上手くいかないこともあったし、時には不安で潰れそうな時だってあった。

「お互い、あの頃は未熟だったね」

「……そうだな」

たとえ恋人にはなれなくても、友達として今後も仲良くしようね……なんていう割り切り方は、恋愛上級者だけができることであって、俺と足立さんにはできなかった。

不甲斐ない記憶を思い出し、後ろ髪を掻く。

「あの頃は、自分のことで頭がいっぱいだったからな。いっそやり直したいくらいだ」

「ふーん。じゃあまた狙っていいってこと？」

「えっ」

そういう意味で言ったわけじゃないが……。

「実は私、まだ伊月君のこと結構気になってるんだけど」

「い、いや、それは……」

足立さんは身を乗り出し、上目遣いで見つめてきながら俺の手を掴んだ。

「ねえ？　もっと話さない？　私そろそろバイト終わるからさ」

「話って、言われてもな……」

急に距離を詰められて困惑する。

足立さんは、こんな人だっただろうか？

こんなに媚びてくるようなタイプだっただろうか？

見た目から性格まで、俺の記憶と違いすぎる。

「あのさ」

その時、店を出たはずのスーツの男が、いつの間にか俺たちの傍まで来て声を掛けた。

足立さんはすぐに姿勢を正した。

「すみません。すぐに会計を……」

「ああ、いや。そうじゃなくて。君たちの会話が聞くに堪えなかったんだ」

男の訂正は、この場の空気にはっきりと亀裂を入れた。

聞き間違いだろうか。この男、今……とんでもなく辛辣なことを言ったような。

男はニコニコと作ったような笑みを浮かべ、足立さんを見る。

「女子高生の君。愛のない玉の輿は、お互いのためにならないよ」

その一言を受けて、足立さんは微かに動揺した。

しかし、すぐ取り繕うように引き攣った笑顔を見せる。

「……なに、言ってるんですか？」

「お金目当ての付き合いは、もう少し大人になってからにした方がいいよ。あれはあれで大変なことも多いんだ」

「私、別にお金目当てなんか言ってないじゃん」

「でも君、既に付き合っている人がいるだろう？」

今度こそ足立さんは、明らかに動揺した。

どうして？　とでも言わんばかりに目を見開き、足立さんは男を見る。

「悪いね。俺、そういうの分かっちゃうんだ」

男は最初から変わらない飄々とした態度で告げた。

足立さんの眉間に皺が寄る。苛立ちと気味悪さ。その二つが理性で抑えられる限界を超えたようだった。

「……ちっ」

足立さんが舌打ちする。

何か言うべきか迷ったが、足立さんは俺とも目を合わせてくれなかった。

アイスの会計は済んでいるので、俺は足立さんのことを気にしつつも店を去る。

「災難だったね」

自動ドアが閉じると同時に、男は俺に向かってそんなことを言った。

「災難って……いきなりあんなでまかせ言って、怒るのも無理ないですよ」

「事実なんだけどなぁ。うーん……またこうなっちゃうか」

男はそこまで残念には思ってなさそうに肩を竦めた。

「伊月君。謙虚なのはいいことだけど、自分の境遇をちゃんと理解した方がいいよ。これから先、きっとああいう輩に群がられることも増えるから」

その発言に違和感を覚える。

どうして俺の境遇を知っているのか。そして……。

「なんで、俺の名前を……」

「なんでだと思う？」

男は不敵に笑った。

「ヒントは、君が帰省できたのは俺のおかげだ」

男の言葉に、俺はここ数日の記憶を思い返した。

今回の帰省の切っ掛けになったのは何だった？　雛子が俺の家へ行きたいといったからだ。じゃあその理由は……？

雛子が、屋敷を去る切っ掛けになったのは――。

「……此花、琢磨さん？」

「正解」

男は胡散臭い笑顔で頷いた。

「はじめまして、此花琢磨だ。いつも妹が世話になってるね」

◆

コンビニの駐車場で、俺はアイスの入った袋を片手に琢磨さんと向かい合っていた。

「お金を貸してほしいと言っただろう？　譲ってくれではなく。要するに、返す手段があるということだ」

そりゃあ、あるだろうなと思った。

雛子の家族なのだから、俺のことは全て知っているといっていいだろう。この場にいる時点で、俺と雛子が今どこに住んでいるのかも把握しているはずだ。琢磨さんはその気になればいつでも俺に会える。

「あの。琢磨さんは、どうしてここに……？」

「暇潰し。強いて言うなら、妹が避難先に選んだ街を軽く見てみたかったから」

なら俺と会ったのは単なる偶然か。

避難先という言い方をする以上、この人は自分が雛子に避けられていることを自覚しているのだろう。

しかし琢磨さんに悲しそうな様子はない。

「お世話係はどうだい？」

琢磨さんは唐突に訊いた。

返答が遅れた俺に、琢磨さんは続けて質問する。

「やり甲斐はあるかい？」

「……まあ、あると思います」

「ははは、いつまで緊張するつもりだ。もっと適当でいいよ」

琢磨さんはフランクに笑った。

だが、どうしても緊張が解れない。琢磨さんからは何か、得体の知れない不気味さを感じる。口調こそ気楽なものだが、どうにも掴み所がない。

「あの子の世話は大変だろう？　ストレスは溜まってないか？」

「……いえ、充実しています。だからストレスもそんなにないです」

「それはよかった。前任者は胃に穴を開けたからね。此花の名がトラウマになったのか知らないけど、それ以来うちのグループのサービスを受けられなくなったらしい」

それは相当悲惨なことである。

この国で此花グループの力を借りずに生きるのは、不可能ではないが、注意深く意識しなければ難しい。此花グループは銀行も不動産も食品も手掛けているのだから。

「さっきの様子を見た限りでは、以前の同級生たちとも仲がいいみたいだね」

「そう、ですね。仲を悪くする理由もないですし」

もっとも、その一人とは琢磨さんのせいで関係が悪化してしまったかもしれないが。

「器用だね、君は。……というより、器用でありたいと思っている」

琢磨さんは感心したように言った。

「そういう君にだからこそ、教えておこう」

琢磨さんは、真っ直ぐ俺の目を見て言った。

「雛子が屋敷を離れる件について、親父が許可した理由は分かるかい？」

「それは……雛子はここ最近、此花家の娘として責務を果たしていますし、華厳さんも雛子のことを信頼するようになったからじゃないですか？」

「それはあの人のことを好意的に評価しすぎだね」

琢磨さんは笑って言った。

今のは、愛想笑いだと分かった。

「夏期講習のホテルと違って、君の家は警備が厳重というわけでもない。……あの心配性な親父が、雛子を簡単に屋敷の外へ出すと思うかい？」

そう言われると、俺は自分の予想に自信を持てなくなってきた。

確かに華厳さんは心配性だ。というより慎重だ。此花グループという重責を誰よりも深く理解して、それに相応しい判断を常に心掛けているように見える。

そんな華厳さんが、雛子の外出を許可した理由とは何か……。

先程俺が言ったような、人情によるものは、華厳さんらしくないかもしれない。

「実はね。此花家は今、ちょっとしたゴタゴタの中にある」

「ゴタゴタ、ですか」

「グループ会社の一つであるコノハドリンク株式会社が、パワハラで不祥事を起こしたんだ。ニュースにはなっていないから一般人は誰も知らないけれど、同業者には確実に漏れている。だから念のため、雛子を此花家の屋敷から遠ざけることにした」

端的に説明されたその内容は、一応、辻褄が合っていた。

というより、俺の中でよりしっくりくる答えだった。確かにそのような事情があれば華厳さんも今回の件を許可するだろう。

「親父は、打算がないと決断できない人なんだ。許してやってほしい」

琢磨さんは申し訳なさそうに言った。

この人は、父親との関係もあまりよくないのだろうか？

気になったが、それ以上に今は尋ねたいことがある。

「そのゴタゴタの件って……雛子は知ってるんですか？」

もし、知っていたとすれば、雛子は内心で不安を押し殺していたのではないだろうか。

そんな俺の問いかけに、琢磨さんは目を丸くした。

「……君は優しいね。今の話を聞いて、最初に言うことがそれか」

琢磨さんは、短く息を吐く。

「知ってるよ。親父が伝えたはずだ。でも恐らく、今俺が話した程度の情報しか知らないだろうね。この件に対して、あの子にできることはないし」

淡々と琢磨さんは答える。

「それと、自分で言ってて悲しくなるけれど、妹が屋敷を離れた理由はあくまで俺と顔を合わせたくないからだ。……あの子が君の前で本音を隠しているわけではないよ」

まるで俺の不安を拭うかのように、琢磨さんは言った。

つまり、雛子は俺に心配させまいと此花グループの不祥事について内緒にし、兄から逃げるという体裁で屋敷の外に出たわけではないらしい。

よく考えたら当然である。

雛子は俺の家に来た時、そして商店街を歩いていた時、キラキラと目を輝かせて興奮していた。あれが全部嘘とは思いにくい。

その時、後方から足音が聞こえる。

「伊月さん。帰りが遅いので迎えに来ましたが――」

コンビニの駐車場で話す俺たちのもとへ、静音さんが近づいてきた。

暗いから俺が誰と会話しているかまでは近づくまで見えなかったのだろう。静音さんは俺の正面に立つ人物を見て、微かに目を見開く。

「……琢磨様。何故こちらへ」

「やあ静音。相変わらず気難しそうな顔をしているね」

　琢磨さんは気軽に挨拶した。

「ここに来たのはただの暇潰しだ。俺の趣味が徘徊なのは静音も知っているだろう？」

「……その趣味は止めてほしいと言ったはずです」

「止められないからこそ趣味なのさ」

　普段クールで感情を表に出さない静音さんが、ほんの少し険しい顔つきをした。

　静音さんはいったん深く呼吸して、俺の方を見る。

「伊月さん、何かこの男に余計な話をされませんでしたか？」

「え、えっと……」

　どう答えるべきだろうか。

　悩んでいると、琢磨さんが溜息を吐いた。

「おいおい、酷いな。これでも俺は此花家の長男だぞ？　そんな話しないって」

「ならいいのですが……」

「此花グループが今直面しているゴタゴタについて、説明しただけだよ」

　してるじゃないか、とでも言いたげな目で静音さんは琢磨さんを睨んだ。

「伊月君は、親父が雛子のことを信頼して外出を許可したと思っていたけれど、これは静音が吹き込んだのかな？」

「……吹き込んだも何も、実際そういう側面はあるでしょう」

「確かに親父は変わりつつあるよ。でも、そんな微細な変化を大袈裟に表現してみせるのは危ういと思うな。……期待するだけ損ってこともあるよ」

琢磨さんは何処か寂しげな顔で言った。

俺には、二人が何を論点に言い争っているのか、漠然としか分からない。

「琢磨様。此花グループの件を、伊月さんに伝える必要はあったのですか？」

「伝えない必要もないだろう？　静音が過保護なのは今に始まった話じゃないけれど、彼の場合、何も知らせないよりは知らせた方が上手く立ち回ってくれるんじゃないか？」

「……私は、私なりに真剣に考えているつもりです」

静音さんが、琢磨さんを睨む。

なんていうか……静音さんが言い負かされている姿を初めて見た。

琢磨さんにその気があるのかないのかは知らないが、静音さんが翻弄されている。

その光景を目の当たりにして、ふと俺は思った。

（……もしかして、静音さんが最近忙しいのは琢磨さんのせいだったりするのか？）

唐突に此花家の長男が俺たちの過ごしていた屋敷へやって来たのだから、仕事との兼ね合いで必要な手続きは沢山あっただろう。

静音さんを翻弄する琢磨さんを見ていると、ついそんな予想をしてしまう。

「そういうわけじゃないよ」

琢磨さんが、こちらに視線を移して言う。

「静音の忙しさは、さっき説明した不祥事のみが原因であって、俺の訪問は関係ない」

琢磨さんは堂々と断言する。

視界の片隅に佇む静音さんは、何も言わなかった。無言の肯定ということだろう。

けれど、そんなことより――。

「……あの、俺、まだ何も言ってなかったですよね……？」

今、俺は頭の中の疑問を口にしただろうか？

していない。――するわけがない。そんな失礼な予想を本人の前で口にするものか。失礼だと分かっているからこそ心の中だけに留めておいたのだ。

なのに、まるで心を読まれたかのように、琢磨さんは指摘した。

動揺する俺を見て、琢磨さんは笑う。

「言っただろ？　俺、そういうの分かっちゃうんだ」

鳥肌が立った。

先程の足立さんもこういう気分だったのだろうか。

「まあ、今回のゴタゴタに関しては、伊月君が気にする必要はないよ。こういうのは俺たちみたいな狡い大人に任せてくれ」

何事もなかったかのように琢磨さんは言う。

琢磨さんはともかく、静音さんをその狡い大人の枠組みに入れるのは嫌で、俺は返事ができなかった。

「じゃあ、俺はそろそろ帰るけど……ああ、そうだ。もう一つ伊月君に伝えなきゃいけないことがあったんだ」

そう言って琢磨さんは俺に近づき、静音さんに聞こえないよう耳打ちする。

「今の君じゃあ、雛子の居場所になり得ないよ」

それは、どういう意味で――。

訊き返すよりも早く、琢磨さんは去って行った。

雛子のために買ったアイスは、すっかり溶けていた。

◆

アイスを買い直し、家へ帰る途中。

スマートフォンが百合からの着信を報せた。

『伊月、ちょっといい？　実は今日学校の前で会った子が、足立さんに伊月のことを勝手に教えちゃったみたいなの』

「……そうなのか」

『うん。それでね、アンタにわざわざ伝えなくてもいいと思って黙ってたんだけど……足立さん、二年生になってから柄の悪い人たちと遊ぶようになっちゃってさ。その影響か知らないけど、お金持ってそうな人を見つけたらすぐ近づくようになったのよね。伊月ってよく考えたら貴皇学院の生徒だし、一応気をつけといて』

「ああ……そうする」

百合との通話を終え、俺はスマートフォンをポケットに入れた。

小さく溜息を吐く。

「あの、静音さん」

隣で一緒に歩く静音さんに、俺は訊いた。

「琢磨さんって、どんな人なんですか？」

「……その質問に答えるのは、難しいですね」

静音さんは歩きながら語り出した。

「一言で説明するなら、奔放な方です。思慮深いところはあるのですが、そもそもの価値観がズレているので、分かり合うことも難しい。……琢磨様の心中を察するのは、ご家族である華厳様やお嬢様ですら難しいでしょう」

夜の街を眺めながら、静音さんは続ける。

「ただ、あれでもやはり此花家の血を継ぐ者ですから、生まれ持った能力の高さはお嬢様に勝るとも劣りません。……特に、あの洞察力は気味が悪いとすら感じるほどです」

「洞察力……」

何を言っているのか、心当たりがあった。

そんな俺の心境を察してか、静音さんは説明を続ける。

「ＥＱという言葉をご存じでしょうか？」

俺は首を横に振った。

「Emotional Intelligence Quotient……心の知能指数という意味です。知能指数を表すＩＱの心理学版みたいなものですね。ＥＱが高い人は、感情の察知に優れていたり、感情の調整が得意だったりします」

　感情の察知……というと、たとえば相手の感情を察することだろうか。

　感情の調整は、恐らく自分の感情を制御(せいぎょ)することだ。語感から内容を予想しているだけだが、なんとなく理解できる。

「琢磨様は、このEQが世界でも類を見ないほど優れているんです。本人はこれを、コミュニケーション能力が高すぎると評していました。……琢磨様は、相手の顔色を窺(うかが)うだけでなんとなく何を思っているのか分かってしまう。だから時折、相手の心を読むような発言をしてしまうんです」

　だから琢磨さんは、俺の考えを当ててみせたのか。

　きっと、足立さんの時も……。

「ただ、そんな才能を持ってしまったせいで、琢磨様は普通の意思疎通(そつう)を苦手としています。……無理もありません。琢磨様にとっては言われたも同然のことが、相手にとっては言った覚えのないことなのですから」

　琢磨さんは、コンビニを出て俺と二人きりになった時に「またこうなっちゃうか」と言っていた。自分では相手の気持ちを理解した上で発言したつもりでも、周りからはそれが理解されない。そういうことを何度も経験したのだろう。

　あの時の諦念(ていねん)には、そんな意味が込められていたのだ。

「……詳しいんですね。琢磨さんのこと」

静音さんは、予想以上に琢磨さんのことを詳しく語ってくれた。

「まあ、私は元々お嬢様ではなく琢磨様に仕えていましたからね」

「え」

初耳だった。

「もっとも、あの人は私なんて最初から必要としていませんでしたから、すぐにお嬢様の方へ配属されましたが」

「……そうなんですね」

「はい。清々します」

静音さんにしては珍しく、感情を露わにしていた。

そろそろ家に着くといったところで、俺は琢磨さんから告げられた言葉を思い出した。

――今の君じゃあ、雛子の居場所になり得ないよ。

あれは、どういう意味なんだろう。

答えが分からないまま、家のドアを開ける。

家の中で雛子はクッションを枕に寝転がっていた。寝ているわけではないが、とても気怠そうで……つまりいつも通りダラダラしているようだった。

頭の中で反芻(はんすう)される琢磨さんの言葉は、一度忘れることにする。

「雛子、アイス買って来たぞ」

「食べる……っ！」

寝ていた雛子が起き上がった。

そんなに食べたかったのか。

レジ袋(ぶくろ)を開け、目を輝かせながらアイスを選ぶ雛子に、俺は声を掛けた。

「雛子は、此花グループの企業(きぎょう)が不祥事を起こしたことを、知ってたのか？」

「……知ってる。伊月も、聞いた？」

琢磨さんから聞いたと伝えると、ひょっとしたら先日みたいに「うげー」と嫌そうな顔をされるかもしれないので、俺は「ああ」と肯定だけしておいた。

「ちゃんと、対策されてほしい……」

アイスを一口食べた雛子は、神妙(しんみょう)な面(おも)持ちで告げる。

「パパが、可哀想(かわいそう)」

此花グループのことを誰(だれ)よりも大切に思っている華厳さんは、この不祥事にきっと頭を悩(なや)ませているだろう。

そうだな、と俺は頷(うなず)いた。

三章◆庶民と学ぶ恋愛のいろは

翌日の朝。

俺はいつも通り、黙々と勉強をしていた。

この家に来て三日目。そろそろ俺たちも落ち着いてきた頃だ。商店街も学校も行ったしこれ以上案内するべき場所は思いつかない。それに雛子も連日の外出で、今日くらいは屋内でのんびり休みたがっていた。

（……夏期講習の復習もしておくか）

静音さんから教わってテーブルマナーや、学院の授業の復習は一通り終わった。この際だから夏期講習で学んだものも復習することにする。夏期講習で学んだのはいずれも専門的な学問だが、きっと将来どこかで役に立つだろう。

ふと、スマートフォンを見るとメッセージを受信していた。

「……天王寺さん？」

送り主の名を見て、俺はすぐに内容を確認する。

天王寺さん：突然ですが、勉強会のお誘いですわっ!!

文面を読むだけで、天王寺さんの声が聞こえてくるようだった。

メッセージはまだ続いている。

天王寺さん：学院の再開に向けて、皆で気を引き締めませんこと？

まさに俺がここ最近、意識していることだった。

俺としては断る理由のない提案である。学院で初めて勉強会をした時もしっかり集中できたし、貴皇学院のメンバーなら最後まで真剣な空気で学べるだろう。

伊月：是非、参加させてください。

返事をするとすぐに既読がついた。しかし天王寺さんからの返事はすぐには来ない。

一分ほど待っていると、天王寺さんから新たにメッセージが届いた。

天王寺さん：今、電話してもいいですか？

お互いすぐに既読をつけたから、電話の方が早いかもしれないと考えたようだ。

俺が「大丈夫ですよ」と返事をすると、すぐにスマートフォンが震える。

『も、もしもし、ですわ！』

もしもしにもですわをつけるんだ……。

「お久しぶりです」

『ええ！　夏期講習ぶりですの！』

天王寺さんの嬉しそうな声が聞こえた。

相変わらずエネルギッシュな様子だった。天王寺さんの声を聞いていると、なんだか俺も元気が湧いてくる。

『貴方ならきっと興味を持ってくれると思いましたわ』

「まあ、俺は人一倍頑張らないとついていけない立場ですからね」

『既に人一倍は頑張っているでしょうに。相変わらず努力家ですわね』

電話の向こう側で、天王寺さんが微笑んでいるような気がした。

『こ、こほん。では話を戻しますが……伊月さんの空いている日程は、いつですの？』

俺を呼ぶ時だけ少し声量が上がった気がした。

意図は分かる。分かるが……俺は訳あって無視することにした。

「……俺は、いつでも大丈夫ですよ」

『……伊月さんは、いつでも大丈夫なのですね？』

「……はい」

駄目だ、誤魔化せそうにない。

その呼び方をするということは、俺に敬語ではなく自然の口調で話してほしいという意思表明だろう。

それは分かる。分かるんだが……。

今は後ろに、雛子も静音さんもいるんだよなぁ……。

「すみません。今、状況が状況なので、こういう話し方しかできないといいますか……」

『……傍に誰かいるのですね』

「お察しの通りです」

よかった、頭の回転が早い人で。

通話の声が微かに漏れているかもしれないし、それにどのみち俺が勉強会に参加するとなれば、その旨を雛子たちに共有しなくてはならない。その際には主催者が天王寺さんであることも伝えるだろう。だから今ここで俺が敬語を使っていなければ、天王寺さんと素の口調で会話したことがバレる。

　天王寺さんが残念そうに溜息を零した。

『電話でしたら、自然にお話ができると思いましたのに……』

「すみません……」

『久しぶりに、できると思いましたのに……』

　思ったより残念そうだ。

　なまじ普段から元気な天王寺さんだからこそ、しょぼんとさせてしまったことに罪悪感を覚えてしまう。

「じゃ、じゃあ、勉強会の時にしましょう」

『勉強会の時……？』

「はい。ちょっとだけ、二人で話しましょう」

　どうやって二人きりになるかなんて、全く考えていないが……。

　なんとかしてみせよう。

『約束ですわよ』

「はい」

『……では、許しますわ』

天王寺さんの機嫌は無事に直ってくれたらしい。

「それで勉強会についてですが、メンバーなどはもう決まっているんですか？」

『いえ、まだ何もかも決まっていませんの。前回に近いメンバーで開催できればと思っていますが……』

「大正と旭さんは、旅行を楽しんでいるみたいですね」

『ですわね。私の方にも連絡が届きましたわ』

あの二人は、夏休みの前半は社員旅行について行き、後半である今は各々家族で旅行を楽しんでいるらしい。土産は何がいいのか訊かれたので、俺は取り敢えず「手軽なもので大丈夫ですよ」と言っておいた。高価なものは心臓に悪いので、安物なら何でもいい。

「それじゃあ俺はまず、此花さんに確認を取ってみます」

『ええ、お願いしますわ。わたくしは都島さんに声を掛けてみますの』

「空いている日程もその時に聞いた方がいいですね」

『そうですわね』

成香は分からないが、雛子はきっと大丈夫だろう。

　ここ最近の雛子はこういう集まりにも参加してくれることが多い。

『それと、よろしければ平野(ひらの)さんを呼んでもいいと思いますわ』

「そうですね。百合(ゆり)も勉強は頑張る方なので、声を掛けときます」

　知人と知人が仲良くなってくれると、ほっとする。

　夏期講習を経(へ)て、天王寺さんは百合のことを一人の友人として見てくれるようになったみたいだ。

「あと、考えなくちゃいけないことは……」

『場所ですわね』

　天王寺さんの言う通りだ。

『わたくしの家でも問題ありませんが、折角(せっかく)の夏休み最後のイベントですし、普段とは違った環境(かんきょう)で行いたいですわね』

　上流階級の子女たちの家は、大体、貴皇学院のように上品で豪奢(ごうしゃ)な雰囲気(ふんいき)である。貴皇学院にはない個性的な環境……たとえば成香の家はどうだろうか。成香の家も同じく上品で豪奢だが、あの和風な雰囲気は他では感じられないだろう。

　しかし、ふと思った。

　今この場で俺が提案できる、一番個性的な環境と言えば――――。

「すみません、ちょっと待ってもらえますか？」

天王寺さんの了承を得て、俺はスマートフォンを一旦テーブルに置いた。

そして、リビングで書類仕事をしている静音さんに話しかける。

「静音さん、今天王寺さんと話しているんですが――」

「構いませんよ」

静音さんは即座に返事をした。

「なんとなく内容は把握しています。この家で勉強会をしたいのですね？」

「えっと、はい。これから提案するところですが……」

「問題ありません」

静音さんは即答した。

ありがたいが、一点懸念がある。

「その、今の此花グループのことを考えると、あんまり雛子の居場所を周りに知られない方がいいんじゃ……」

ゴタゴタの渦中から遠ざかるために、雛子は屋敷から離れることを許されたのだ。しかし避難先が公になってしまうと、良からぬ輩が近づいて来るかもしれない。

そんな俺の懸念を聞いて、静音さんは一瞬だけ目を丸くした。

　しかしやがて優しく微笑み、答える。

「心配無用です。その件については概ね解決しました」

「え、そうなんですか」

「事が荒立つことを恐れて、お嬢様を屋敷の外に出すことになったわけですが、穏便に収拾する目処が立ちましたのでもう問題ありません」

　俺の知らないところで、きっと色んな人が動き回っていたのだろう。

　しかしそれなら何の憂いもなくこの場を提供できそうだ。

　俺はテーブルに置いていたスマートフォンを手に取った。

「もしもし、天王寺さん？　勉強会の場所について提案があるんですが……」

　こんな家で皆集中してくれるか不安だったが、いざ提案してみると天王寺さんは物凄く乗り気になってくれた。勉強会とはいえ夏休み最後のイベントだ。実りがあるだけでなく楽しい集まりにもしたい。

「……琢磨様の仰ったとおりかもしれませんね」

　天王寺さんと通話する俺を見て、静音さんは呟いた。

「貴方には、最初から事情を伝えておくべきでした」

　そう言って静音さんは書類仕事に戻った。

◆

翌日の昼頃。

三人の少女が家にやって来た。

「こ、ここが伊月の家か……」

成香が緊張した面持ちで、家の外観を眺めた。

「正確には元、だけどな」

今は十日ほど借りているだけで、もう俺の家ではない。家具も静音さんのツテでレンタルしたものばかりだ。

「おーっほっほっほ！　まるで犬小屋ですわね！」

天王寺さんが家を見ながら言った。

「……そうですね」

「じょ、冗談ですわ！　最近ベルサイユの梅という少女漫画でそういうやり取りを見たので、つい言ってしまっただけですわ！」

冗談なのは分かったが、何て返せばいいのか分からず相槌を打ってしまった。

「天王寺さん、少女漫画とか読むのね」

「え、ええ。この前、クラスメイトに借りまして……」

百合が尋ねると、天王寺さんが少し恥ずかしそうに答えた。

「平野さんは伊月の家に何度か来たことがあるのか？」

「ううん。なんだかんだ私も初めて来たのよねぇ……」

成香の問いに、百合は家の外観を眺めて答えた。

その辺りの理由は察してほしい。……正直、俺の家族は友人に堂々と紹介できるような人ではなかったのだ。

「では、どうぞ。……狭いですが」

玄関を開けて三人を中に案内する。

すると、テーブルの前でちょこんと座っていた雛子が小さく会釈した。

「こんにちは、皆さん」

「あれ？　此花さん？」

成香が驚いた。

「先に着いてしまいましたので、中で待たせていただきました」

ということにしている。

俺が此花家の屋敷で暮らしていることを彼女たちは知っているが、いくらなんでもこの狭い家で一緒に暮らしていることを伝えるのは反応が怖い。なので、雛子と静音さんの靴とか布団とか着替えとかは、押し入れの奥に隠している。

ちなみに静音さんも席を外している。メイドの自分がいたら、結局学院のカフェと似たような雰囲気になってしまうかも……と懸念してのことらしい。

「なんだ、四畳半くらいをイメージしてたけど、そこまで狭くないのね」

「一応、家族三人で住んでたからな」

家の中をざっと見渡す百合に、俺は言った。

「ここが、友成さんが住んでいた家……」

「伊月が育ってきた家……」

天王寺さんと成香が、ソワソワとしながら家の様子を観察する。

なんだかそんなふうに注目されると、少し恥ずかしい。

「ベッドがありませんわね？」

「床に布団を敷いて寝ています」

「伊月！　天井からぶら下がっているこの紐はなんだ⁉　引っ張ってもいいのか⁉」

「電気のオン・オフだ。別にいいぞ」

部屋が一瞬だけ暗くなり、すぐにまた明るくなった。

成香の家は和風のお屋敷なので、内装の雰囲気は近いような気もしたが、よく思い出してみれば成香の家で糸が垂れているタイプの電気を見たことがない。ベッドランプなどは別だが……成香の家は和の雰囲気を保ちつつもちゃんと現代的に改築しているのだろう。

ふと雛子を見ると、はしゃいでいる二人を落ち着いた目で眺めていた。あたかも雛子だけ平静を保っているように見えるが……初日は同じようなものだったぞ。

テーブルは一つだけでは狭いので、二つを繋げて中心に置いていた。その周りに五人分のクッションを用意している。

各々がそこへ腰を下ろした。

「ええと、というわけで今日は庶民風の勉強会です。居心地は保証できませんが、寛いでくれたら幸いです」

天王寺さんと成香はまだソワソワとしているが、居心地が悪いというよりは、テーマパークに来た子供みたいな反応である。

「一応、こんなのを持ってきたけど……」

百合が鞄の中からお菓子を取り出した。

メンバーに気を遣ってか、少し高級なクッキーだった。

「わたくしも持ってきましたわ」

「わ、私も持ってきたぞ」

天王寺さんと成香も、それぞれお茶請(ちゃう)けを持ってきてくれたようだった。天王寺さんはスコーン、成香はカステラだ。どちらも如何(いか)にも高級そうな包装紙に包まれている。

(しまった。この流れだと、雛子が浮(う)いてしまう)

雛子は何も持ってきていない。当たり前だ。最初からこの家にいたのだから。

……仕方ない。

俺は立ち上がり、台所の戸棚(とだな)に隠していたものを持ってきた。

「実は此花さんからも、こういうのを貰(もら)ってまして」

そう言って俺がテーブルに出したのは、

「ポテチ?」

百合が疑問の声を上げる。

「ああ。普段と違(ちが)う環境で勉強会を開くから、それに合わせてくれたらしい」

「へ～、それなら私もそっちに合わせた方がよかったわね」

今回は庶民風の勉強会というコンセプトだったので、お茶請けにポテチという発想は称(しょう)賛(さん)される空気があった。天王寺さんが「ぐぬぬ」と悔(くや)しがる。

実際のところ、これは雛子の機嫌を取るための緊急手段として俺と静音さんが隠し持っていたものだった。

「私も普段食べないものですから、楽しみです」

そう告げる雛子の視線は、先程からずっとポテチに釘付けだった。

目つきが猟犬のそれである。

（……ちゃんと勉強に集中してくれるだろうか）

幸先はとてもハラハラした。

しかしいざテーブルの上に教科書を出すと、全員が無言で集中する。根が真面目な貴皇学院の生徒らしい意識の切り替え方だ。ふと視線を上げると、百合が少しだけ驚いていたがすぐに自身も集中した。この意識の高さに驚く気持ちはとても分かる。

しかし堅苦しいかというと、そうでもなく――。

「美味しいですわね」

時折、お菓子を食べながら雑談を交える。

天王寺さんはポテチを珍しそうに食べていた。

「じゃがいものスライスを揚げたものですわね。少し塩辛い点が気になりますが」

天王寺さんの反応こそが、代表的なお嬢様の例だと信じたい。……雛子、頼むから自分以外の人がポテチに手を伸ばす度に険しい顔つきをするのはやめてくれ。

「成香は多分、食べたことあるよな？」

「ああ。駄菓子屋に売っているからな。偶に三つくらいまとめ買いして……ひっ⁉　こ、此花さん⁉　ど、どうしてこっちを睨んでるんだ⁉」

「気のせいですよ？」

雛子はすっとぼけた。

相当羨ましかったらしい。

「……悪くない雰囲気ですわね」

天王寺さんが、ふと周りを見ながら言った。

「こういう、ゆったりした場所で誰かと過ごすのはあまりない経験ですわ。……貴皇学院にもこのような、床とテーブルだけの場所があってもいいですのに」

「天王寺さんでもそう思うんですか？」

「雑多な雰囲気を心地よく思う感受性は備えておりましてよ？」

天王寺さんのような人にとって、こういう環境は好奇心を満たす以外に全く需要がないと思っていたが、案外そういうわけでもないらしい。

「心なしか、今日の伊月さんは普段よりも伸び伸びとしているように見えますの。それは

やはり、この家が伊月さんにとって一番馴染み深い場所だからでしょうね」

「……そうですね」

家はともかく、こんな感じの場所が学院にもあればいいのにとは俺も思う。

毎回、上品なカフェやレストランでは緊張してしまう。お世話係として、そんな甘ったれたこと言っていられないのだが、本心としてはもうちょっと雑多で緩い雰囲気の場所も欲しい。学院にそんなところがあれば、定期的に逃げ込みたくなりそうだ。

そんなことを考えていると、ふと雛子がこちらを見つめていることに気づいた。

「此花さん、どうしましたか？」

「いえ、その……」

完璧なお嬢様モードをオンにしている雛子にしては珍しく、返答に窮した。

しかしそれはほんの一瞬のこと。普段からお世話係として、雛子を傍で見てきた俺以外には悟られていないだろう。

「……友成君が何を勉強しているのか、少し気になりましたので」

雛子はすぐに告げた。

それが本音か、それとも咄嗟の言い訳なのかまでは、残念ながら分からない。

「俺は今、夏期講習で勉強したものを復習しています」

「せ、成績優秀者に選ばれていたというのに、伊月は本当に頑張り屋だな」

「成香はもうちょっと頑張った方がいいぞ」

「くっ、藪蛇だったか……！」

成香は視線を逸らした。

俺も気になっていたことがあったので、百合の手元にある参考書を見る。てっきり国語とか数学とか普通の科目を勉強していると思ったが、その参考書には見慣れない図やグラフが載っていた。

「百合は何の勉強をしてるんだ？」

「調理師免許の座学よ。私、高校卒業後は調理師学校に行かず、店で働きながら免許を取ろうと思っているから」

そんなことを以前から何度か聞いていたような気もする。

百合も百合で大変だ。しかし充実しているのだろう。びっしりと文字が記されたノートからは、百合のモチベーションが高いことが窺える。

「話は変わりますが、先日此花グループの企業がパワハラ社員を解雇していましたわね」

天王寺さんがペンを動かしながら言った。

その話題は、どう反応すればいいのか分からず沈黙してしまう。知っている話ではあるが、こんな自然に口にしていいものなのだろうか。

俺と百合が困っていると、天王寺さんがペンを止めた。

「別に硬くなる必要はありませんわ。わたくしたちの家ほどの規模となれば、このような不祥事はどうしても生まれてしまいます。……だからと言って心が痛まないわけではありませんが」

「そうですね。私も、残念に思っています」

雛子が首を縦に振る。

「そんなのニュースでやってたかしら」

「一般には公開されていませんが、業界人ならいくらでも知る伝手はありますの。わたくしは、友じ……ライバルの情報は逐一把握しているのですわ」

百合の疑問に天王寺さんが答える。

明らかに言い直したが、指摘はしないでおこう。

天王寺さんの頬が微かに赤くなっていた。

「しかし、解雇というのは珍しいな」

成香が言う。

「どういう意味だ？」

「解雇はそれなりに重たい懲戒処分だからな。特に懲戒解雇だと、年間で五十件もなかったはずだ。パワハラが理由で解雇となれば、相当悪質かつ常習犯だったんだろうな」

よくニュースで見るのは、横領や詐欺などによる解雇だ。これらは会社の規定を違反している以前に犯罪である。その点、パワハラは解雇に至るまでに幾つかの段階があるのかもしれない。

「ちなみに天王寺さんの会社は、パワハラによる懲戒処分がグループの規模にしては世界でも稀なレベルで少ないそうだ」

「へぇ……」

なんていうか、ありそうだなと思った。

学院にいる時の天王寺さんは、他人との縁や、他人に対する思い遣りを尊んでいる。きっと天王寺グループは人を大事にする組織なのだろう。

「都島さん、よく知っていますわね。わたくしの家のことまで」

「ま、まあな！」

目の前の課題の方が上手くいっていないのか、成香はここぞとばかりに胸を張った。

「貴皇学院もそろそろ二学期が始まるのだ。例のプログラムが始まることを考えると、今のうちに経営に関する勉強もするべきだろう」

「あら、ではわたくしたち、ライバルになるかもしれませんわね」

「そそそそそそういう意味で言ったわけでは……」

「動揺しすぎですわ」

顔面蒼白となった成香を見て、天王寺さんが苦笑する。

例のプログラム……？

それは一体何のことだろう。

疑問を抱きつつ、お茶の入ったきゅうすを持ち上げる。中身が少なくなっているのか、思ったよりも軽かった。

「飲み物がなくなってきたので、コンビニで買って来ます」

思ったよりも多くのお菓子を貰ったため、お茶の消費が早くなってしまった。水道水ならいくらでも出せるが、お嬢様たちにそれを出すのは流石に申し訳ない。

立ち上がった俺は、天王寺さんの方を見る。

「そういえば天王寺さん、コンビニに興味があるって言ってましたし、よければ一緒に行きますか？」

「え？　……え、ええ！　ご相伴にあずかりますわ！」

天王寺さんがやや困惑しつつも立ち上がる。

一緒に家を出たところで、俺はふぅと安堵の息を零した。

「よし、これで普通に話せるな」

勉強会の計画について話し合った際、二人きりで話す約束を交わしていたので、無事に果たすことができて安堵する。

そんな俺を、天王寺さんは何故かじっとりとした目で見ていた。

「……なんだか、やり口が慣れていますわね」

「え」

「こうやって色んな人をたらし込んできたのですわね」

「そんな人聞きの悪い……」

我ながら妙案だと思ったのに……。

「電話であんな残念そうな声を聞いたら、誰だってこうしたくなるって」

「そ、そんなに残念な声なんて……してなくは、ないですけど」

自信がないのか、声が尻すぼみになっていた。

「俺はあんまり口調で距離を感じるタイプじゃないから、自分からこういう提案をすることはないけれど、天王寺さんが必要だったらすぐに言ってくれ」

「……わたくしも、別に距離を感じるわけではありませんわ」

当然のように天王寺さんは言った。

俺はバイトで上下関係に慣れているので、別に敬語に抵抗はなかった。しかしよく考えたら天王寺さんこそ慣れているだろう。なにせ天王寺さんは、此花グループに並ぶ天王寺グループの娘だ。敬語が主となる畏まった場に、数え切れないほど出席している。

「ですが、伊月さんは日頃から身分を隠している立場ですからね」

「うっ」

「敬語を使っている時の伊月さんも、伊月さんには違いないですが……素の口調で話している時の方が、なんだか本性を曝け出しているように感じますわ」

「本性って……」

別に性格まで使い分けているわけではないが……。

「今の俺と普段の俺って、もしかして結構違うのか……？」

「……素の口調になった時の伊月さんは、偶にわたくしをからかってきますの」

「え、そうか？」

「そうですわ！　夏期講習の時も、わたくしが缶ジュースを開けられず困っていたら伊月さんは大笑いしてましたし！　ゲームセンターで遊んでいた時も、わたくしがルールを知らないだけで笑っていましたの！」

「いや、だってあれは、天王寺さんが面白かったからつい……」

「ほら！　今も！　ほら！」

天王寺さんはぷんすかと可愛らしく怒りながら、俺を指さした。

なるほど。言われてみれば確かに、畏まっている時よりも素の言葉が出ているような気がする。……普段は口に出さないだけで、心では同じことを思っているのだが。

「あ、その道を曲がった先だ。……ちなみに天王寺さん、コンビニは知ってるのか？」

「知っていますわよ！　馬鹿にしないでくださいまし！」

流石にコンビニくらいは知っていたらしい。

しかし天王寺さんはコンビニに入った後、レジ前のホットスナックを見つめて不思議そうな顔で呟いた。

「………この食品サンプル、精巧ですわね」

「ふふっ」

会計時に買ってやると、天王寺さんは大層驚いた。

◆

午後五時。勉強会が終わり、俺たちは解散することにした。

家の前には黒塗り(くろぬ)の車が二台停(と)まっている。天王寺さんの迎(むか)えと成香の迎えだ。

「次に会うのは学院ですわね」

「そうですね」

貴皇学院の二学期まであと一週間。俺はともかく天王寺さんも成香も忙(いそが)しい身だし、次に会うのは始業式の日だろう。百合は此花家のバイトに来た時に会える。

「平野さん、こちらへ」

「うん。天王寺さん、ありがとう」

百合は徒歩でここまで来ていたが、途中(とちゅう)まで天王寺さんの車で送ってもらうらしい。

車の中に入った百合は、腰掛(こしか)けた椅子(いす)が想像以上にフカフカだったのか、無言で背もたれを揉(も)んでいる。

「む？　此花さんはまだ帰らないのか？」

車が一台足りないことに気づいた成香は、雛子に訊(き)いた。

「いえ、迎えの車が少し遅(おく)れているみたいでして」

「そ、それなら、私の車に乗せることもできるが……」

「ありがとうございます。ですが数分後には来るみたいですので、お気になさらなくても

結構ですよ」

「そ、そうか。では、その、私はこれで……」

厚意を受け取ることはできなかったが、成香も成香なりに勇気を出して提案してくれたのだろう。今までのコミュ障っぷりを考えると成長が窺える。少し涙が出てきた。

それに正直な話、こんな小さな家の前で黒塗りの高級車が何台も停まっている景色は目立つ。変な噂が立つ前に、解散を早めた方がいいだろう。

「あっ⁉ そ、そうだ、此花さん！」

天王寺さんの車に乗った百合が、唐突に焦った声を出した。

百合は持ってきた鞄の中から、手提げの紙袋を出して雛子に渡した。

「すっかり忘れてたわ。……これ、貸してあげるから。ちゃんと読んでみて」

「これは……？」

「前、私に相談してくれたことがあるでしょう？ 多分それを読んだら、答えが見つかると思うわ」

「……ありがとうございます」

雛子は深々と頭を下げた。

何か大事な贈り物なのだろうか。

「百合、何を貸したんだ？」

「内緒っ！」

気になって質問したが、百合は答えてくれなかった。

百合はきっと気づいていないだろうが、この辺りには此花家の護衛の目が張り巡らされている。……隣家の窓や、薄暗い路地裏、そして道行く人々から無数の視線がその紙袋に向かって注がれていた。

やがて少女たちが車に乗って離れていく。

車が角を曲がって見えなくなった頃、俺は安堵の息を吐いた。

「……行ったな」

「行きましたね」

「うおっ⁉」

急に背後から声がして、俺は飛び上がった。

「し、静音さん、いつの間に……」

「内緒です」

百合に続き、静音さんにも内緒にされた……。

本当に何処から出てきたのか分からないが、この分だと恐らく俺たちの知らないところでこっそり辺りを監視(かんし)していたのだろう。

地下道とか、こっそり作られているんじゃないだろうか……。

「ふへぇー……」

雛子が肩(かた)の力を抜(ぬ)く。

勿論(もちろん)、迎えの車なんて用意していない。雛子は俺と一緒にこの家へ戻るのだから。

「お嬢様(じょうさま)、念のためお預かりした袋(ふくろ)の中身を確認させていただきます」

「ん……どぞ」

雛子は百合から貰った紙袋を静音さんに渡す。

中身を覗(のぞ)いた静音さんは、微かに目を丸くしたがすぐに頷(うなず)いた。

「問題ありませんね」

静音さんは紙袋を雛子に返す。

「静音さん、中身は何だったんですか？」

「平野様が内緒にしていらっしゃいましたから、私からもお答えできません。お客様のプライバシーを守ることもメイドの務めですから」

公私混同は許さない、清く正しくて公平なメイドだった。

そう言われると俺も引き下がるしかないが……。

「……いつものメイド服じゃないですね」

「時として、目立つことは配慮に欠けているとも捉えられますので」

要は悪目立ちを避けてのことらしい。

勉強会の前、家を出た時の静音さんはメイド服だった気がするが、今は私服だった。

白いシャツに、足首まである黒のプリーツスカート……普段の静音さんを知っている俺からすると、どこかメイド服を連想してしまうモノトーンの色合いだった。綺麗で、落ち着いた印象である。

その時、俺は夏期講習での一件を思い出した。

雛子や百合たちが一斉に水着を披露してくれた時、百合は「何か言うべきことがあるんじゃない？」と俺に言った。その言葉が再び脳内で蘇る。

「その、とても似合ってますね」

「義務感が露骨です。減点」

何の点数が引かれたんだ……。

青褪める俺に、静音さんはくすりと微笑む。機嫌を損ねたわけではなさそうだ。

家の中に入る。テーブルの上は綺麗に後片付けされており、傍のゴミ箱には空になったポテチの袋が捨てられていた。途中から雛子がこっそり二枚ずつ手に取っていたので異様に速いペースでなくなったのだが、百合の「ポテチって袋のわりに中身少ないわよね」という さりげない一言で事なきを得た。

取り敢えず、何も問題が起きることなく勉強会が終わってよかった。

皆も集中できていたようだし、夏休み最後にいい思い出を作れたのではないだろうか。

「伊月さん」

テーブルなどを元の位置に戻していると、静音さんに声を掛けられる。

「この後、時間はありますか？」

「大丈夫ですよ。日課も終わりましたし」

「では、夕飯の買い物に付き合っていただけないでしょうか」

思わず反応に遅れてしまった。

静音さんに頼られるのは稀だった。しかしその分、やる気はある。

「分かりました。俺でよければ、いくらでも手伝います」

返事をすると、静音さんは雛子の方を見る。

「お嬢様はどうしますか？」

「もうむり～……寝る～……」

雛子は床の上でゴロゴロ転がっていた。

長い間、勉強に集中していたので疲れているようだ。

「では、私たちだけで行きましょうか。……お嬢様は留守番をお願いします。付近には護衛を待機させていますので、何かありましたら好きに使ってください」

「んぃ」

伊月たちが家を去ったあと。

雛子はクッションを枕にして寝ようと思ったが、身体を横たわらせた時、百合から貰った紙袋が視界の片隅に映った。

（寝る前に……ちょっとだけ）

もう睡魔も限界に近いので、すぐに寝るつもりだが、一応百合に渡されたものを確認してみよう。

紙袋の中に入っているものを取り出す。

それは――。

「……本？」

大量の書籍だった。

その表紙や帯を見て、雛子は更に首を傾げる。

「少女、漫画……？」

漫画の帯には「今一番売れている少女漫画！」という売り文句が書かれていた。どうやらこの本は少女漫画というらしい。

「花より饅頭……汝に届け……ＮＹＡＮＹＡ……」

少女漫画のタイトルを声に出して読む。他にも色々あった。

いずれも聞き覚えのないものだったが、試しにページを捲ってみる。

「これは……」

雛子はすぐに没頭する。

舞台は主に学校だった。伊月が通っていたような普通の学校から、貴皇学院のような富豪の子女が通う学校まで様々登場する。

主人公は基本的に平凡な女子高生。

物語の冒頭はどれも大体同じだった。主人公の女子高生が、ひょんなことから異性と出会い、親密になり、少しずつ距離が近づいていく。

いつしか主人公は、その異性のことを意識してしまうようになり――――。

「こ、これは……っ！」

雛子は驚いた。

（私と、全く同じ……！）

漫画で描かれている主人公の気持ちが、自分の抱えているものとそっくりだった。

近づくだけで鼓動が速くなる。日に日に増していく胸中のドキドキは、自分自身ですら困惑してしまうほど。時には息苦しいとさえ感じるが、だからといって距離を取りたいとは決して思えない不思議なもの。

漫画の主人公も、この感情に翻弄されていた。

（続きを読めば、この気持ちの正体が分かるかも……っ）

だから百合もこの漫画を自分に貸したのだろう。

雛子はすっかり目を覚まし、興奮した様子で漫画にのめり込んだ。

――どうしてだろう。頭の中が、彼のことでいっぱいになる時がある。

漫画の主人公は、ふとした時に意識している男子のことを考えていた。授業中も、ご飯を食べている時も、ベッドに入って寝ようとした時も、ふと考えてしまう。

（分かる……）

雛子も同じだった。同じ車で学院まで向かっている時も、授業を受けている時も、一緒にお風呂に入っている時も、伊月の部屋でゴロゴロしている時も……ふとした時に伊月のことを考えてしまう。

最近頑張っているな、とか。

前よりもマナーが身についたな、とか。

勉強が大変そうだな、とか。

私のことを大切にしてくれているな、とか。

雛子はずっとそんなことを考えていた。

ページを捲る。

——なんでだろう。彼が他の女と話しているだけで、モヤモヤする。

漫画の主人公は、意識している男子が他の女子と話しているだけで、息苦しく感じていた。険しい顔つきで、けれどその男子にはバレないよう、そっと胸を押さえていた。

（凄く、分かる……）

雛子も同じだった。

伊月が学院にいる他の女子と話している時は、正直、気が気でない。そのまま何処かに行っちゃうんじゃないかという不安がふと過る。

けれど、結局それは杞憂に終わることが多い。

不安になって見つめたら、それを察してくれたかのように伊月は振り向くのだ。そしてこちらを安心させるように軽く微笑んでくれる。

その度に、やっぱり伊月は自分のことを見てくれているのだと理解する。

心に、どうしようもない温かさともどかしさが同居する。

この気持ちは一体何なのだろうか。

ページを捲る。


——ああ、これって恋なのね。


漫画の主人公は、遂に自分の感情に気づいた。

「——っ⁉」

驚きのあまり、雛子は漫画から顔を離した。

衝撃的な展開に、雛子は思わず周りをキョロキョロと見回す。しかし今は頼れるメイドもお世話係もいない。

雛子は意を決し、再び漫画を読み進めた。

（恋？ ……恋⁉ 恋って、何……？ どうすればいいの……⁉）

漫画の主人公は、恋を自覚した瞬間赤面していた。

雛子も同じように顔を真っ赤にして続きを読む。

（な、なんで、こんな急にベタベタと……で、でも、凄く幸せそう……）

漫画の主人公は、意識している男子に積極的にアピールしていた。

街中を歩く時は手を繋ぐ。それも指を絡めるような繋ぎ方だ。

恥ずかしくないのか、二人きりの時間が欲しいと自分から主張する。

しかしそれは男子の方も同じだった。

二人はこの、興奮と不安が鬩ぎ合う駆け引きの中で、少しずつ距離を縮め――。

（え……え、え、え……っ⁉　な、なんで口と口をくっつけるの……？）

少し遅れてから、それがキスと呼ばれる行為だと察した。

此花雛子、十六歳。父の意向によって、幼い頃から数々の専門知識を叩き込まれはしたものの、恋愛に関しては一切学んでいなかった。

それでも此花グループの令嬢として、或いは貴皇学院の生徒として、様々な人と接しているうちに最低限の知識は身についたが、如何せん経験が不足しているせいで知識と現実が結びついていない。

だから、雛子にとってはこれが初めてだった。

雛子は生まれて初めて、他人事ではなく当事者として、恋愛と向き合った。

——俺は、お前が欲しい。

——私も、あなたが欲しい。

いつしか二人の男女は、以前とは比べ物にならないほど親密な関係になっていた。

二人はベランダでキスをする。

そのシーンを読んで、雛子は……登場人物を自分たちに置き換(か)えた。

——雛子。

目の前に立つ伊月が、真(ま)っ直(す)ぐな目でこちらを見つめていた。

——俺は、お前が欲しい。

そう言って、伊月は唇(くちびる)を近づけて来て————。

「……っ‼」

雛子はぶんぶんと首を横に振った。

（私は、何を考えて……っ⁉）

頭の中に浮かんだ妄想(もうそう)を、必死に振り払(はら)う。

しかしどれだけ振り払っても、自分がそんな妄想をしてしまったという事実だけは忘れ去ることもできない。

漫画の主人公も同じことをやっていた。

(好きって、こういうことなの……?)

この気持ちはずっと前から持っていたものだ。指摘されたのは夏期講習の時だが、この気持ち自体はそれよりもっと前から抱えていた。

伊月がお世話係になってくれて、一ヶ月が過ぎた頃。

お世話係を辞めさせられた伊月は、それでも自分のために屋敷へ戻ってきてくれた。

そして、窓から飛び降りた自分を、伊月は必死に抱き留めてくれた。

今思えば、あの時だ。

あの瞬間から——ずっと心の中でこの気持ちを抱えていた。

(私は、伊月と、こういうことがしたいの……っ!?)

あの瞬間から、自分は伊月とこういうことがしたいと思っていたのだろうか。

ずっと、ずっと前から、こういうことを望んでいたのだろうか。

「はわ……」

それは、なんだかとても恥ずかしいことに思えて……。

少なくとも、百合にはそれを見抜かれていたみたいで……。

「はわわわわわ……っ」

此花家の血を継ぐ雛子の、ずば抜けて高性能な脳味噌が、生まれて初めてパンクした。

◆

スーパーで買い物を済ませた俺と静音さんは、レジ袋に食材を詰めていた。

「伊月さん、手伝っていただきありがとうございます」

「いえ、このくらいお安いご用ですよ」

今回買ったのは数日分の食料だ。飲み物や調味料は家にあるので重たいものは買っていないが、一人で運ぶには少ししんどい量だった。

「でも意外でした。静音さんも買い物とかで悩むことがあるんですね」

「貴方は私を何だと思っているんですか。……久しぶりに普通のスーパーを利用しましたから、お嬢様のお口に合う食材が分からなかっただけです」

確かに静音さんは食材を選ぶのに時間を掛けていた。にんじん一つを取っても、どれが一番雛子の舌に合うか吟味していた。

「普段、食材はどうしているんですか？」

「全て取り寄せています。伊月さんの家で過ごす間は、食材も家まで届けてもらうことを検討したのですが、思ったより経費がかかりそうなので断念しました」

「倹約するところは倹約するんですね」

「お嬢様の世間体を維持できる範囲で、如何に経費を削減できるか……これを考えるのもメイドの務めです。今、私たちが徒歩で帰っているのもその一環ですね」

雛子がいたら車を出していただろう。

きっとその気になれば車くらい簡単に出させる権力はあるはずなのに、静音さんはそれを行使しなかった。

「すみません。ちょっとお手洗いに行ってきます」

「分かりました。外で待っております」

静音さんに袋を預け、スーパーの入り口にあったトイレに向かう。

女性の両手に荷物を持たせてしまったことにほんのりと罪悪感を覚えたので、できるだけ急いだ。静音さんは気にしなそうだが、俺が気にする。

（あれ？　静音さんは……）

スーパーの外に出ても、静音さんの姿が見当たらなかった。

家がある方角へ歩いてみる。すると商店街の入り口で静音さんの姿を見つけた。

静音さんは服屋のショーウィンドウを無言で見つめていた。マネキンが着ているのは十代の少女が好みそうな、可愛らしくてひらひらした服……若干子供っぽくて浮いている辺り商店街の店らしい感じはする。若者向けの店にはまだまだ遠いようだ。

その服を、何故か静音さんは真剣な眼差しで見ていた。雛子には似合いそうだが、これを静音さんが着た姿は正直イメージできない。

しかし興味津々なようなので……。

「……えっと、試着してみます？」

「っ⁉」

声を掛けると静音さんは珍しく焦った様子で振り返った。

「ち、違います。別に私が着たいというわけではありません」

「いや、大丈夫ですよ。必要なら内緒にしますし……」

「違うと言っています」

「あ、はい。すみません」

洒落にならない威圧感と共に睨まれた。

必死で誤魔化していると思ったが、どうやら本当に違うらしい。

「その……実家が服飾関係でしたので、興味があっただけです」

家に向かって歩きながら静音さんは言う。

その言い方からすると、家族が服飾関係の職に就いていたというより、家そのものが服飾関係の会社を経営していたのだろう。日頃から静音さんの一挙手一投足には育ちのよさが垣間見えていたが、それなら納得できる。

……静音さんはどうして此花家のメイドになったのだろうか。

ここ最近、静音さんともいつもと違う環境で過ごしているからか、静音さんの過去や価値観について気になることが多い。

「いい機会ですし、私の経歴について軽くお話しておきましょう」

俺の気持ちを見透かしてか、静音さんは語り始めた。

「貴皇学院が、日本でも三指に入る名門校であることはご存じですね？」

「えっと、はい」

「つまり他にも二つ、同じレベルの学院があります」

静音さんは中指と人差し指を立てて言った。

「私は、そのうちの一つの学院に通っていました」

「えっ」

それは知らなかった。静音さんは学歴もかなりいいらしい。

「……やっぱり静音さんも、いいところのお嬢様だったんですね」

「外向きには、ですけどね」

静音さんが含みのある口調で言う。

「私の家は、明治時代から続く服飾関係の会社でした。東証一部にも上場し、一時期は栄華を極めていたようですが……バブル崩壊と、その後の時流に乗り遅れたことが原因で経営が苦しくなり、最終的には破綻しました」

経営破綻したということだろう。

貴皇学院では歴史と経営を絡めた勉強もするので、漠然とだが俺は当時の状況を予想できた。アパレル業界でバブル崩壊後の時流といえば、ファストファッションの台頭だ。バブル崩壊で国民の財布の紐が堅くなり、ブランド品を取り扱う百貨店が低迷した頃、ファストファッションは新たな風となって業界の在り方を作り替えたらしい。

静音さんの家は、その時流に乗れなかったようだ。

「私がその学院に通えた理由は二つあります。一つは過去の栄華を忖度されたから。もう一つは、両親が私を使って見栄を張ろうとしたからです。……しかし実態は既に落ちぶれた身。以前も言いましたが、私の家の生活水準は一般家庭と大差ありませんでした」

そこまで言って、静音さんは何かに気づいたように俺の顔を見る。

「ある意味、私と伊月さんは似たような立場だったのかもしれませんね。私も家のことは極力内緒にして、同級生たちと過ごしていましたから」

「……言われてみれば、そうですね」

思えば静音さんは俺の境遇に同情して、今まで様々な配慮をしてくれた。

当事者だった頃の経験がそうさせていたのかもしれない。

「私は外聞と実態の差に息苦しさを感じつつも、授業には真剣に取り組んでいました。結果、気がつけば学院でも一、二を争う成績を収めていました」

全然似たような立場じゃなかった。

静音さんと俺は違う。主に頭のできが。

「そんな時、出会ったんです。此花家の長男……琢磨様と」

ようやく出てきた此花家との関係だが、静音さんが最初に口にしたのは雛子ではなく琢磨さんの名だった。

「琢磨様は私と同じ学院に通っていましたが、当時からお忙しい身で滅多に学院に姿を現すことはありませんでした。しかしある日、どこで聞き及んだのかは知りませんが、私の成績と境遇を知った琢磨様はわざわざ家にやって来て『卒業後の予定が決まってないならうちに来ないか？』と提案してきたのです。私は進学を検討していたので、その時はお断りしたのですが……紆余曲折あり、一年遅れで提案を受け入れました」

「紆余曲折、ですか」

「ざっくり言うと、大学の授業が退屈でしたので」

　ざっくりしすぎである。

「伊月さんも進学を検討しているなら、大学は真剣に選んだ方がいいですよ。貴皇学院に慣れた身で平凡な大学へ行くと、色んな意味で戸惑いますから」

　気をつけます、と俺は頷いた。

「それと、業腹ですが当時の私は琢磨様のことを多少は尊敬していましたからね。……幼さゆえの未熟ですが、学院に通っていた頃の私は周りを見下していました。家柄こそ既に落ちぶれた身ですが、能力は誰にも負けていない。そんな自負がありました。ですから周りにいる富豪の子女たちが、温室でぬくぬく育てられた暢気な人に見えていたんです」

　過去の失態を恥じるように、静音さんは目を伏せて語った。

「そんな私の鼻をへし折ってくれたのが琢磨様でした。学力も経験も、どうしてもあの人にだけは勝てなくて……これが本物かと、当時は戦慄したものです」

　以前も静音さんは言っていた。

　琢磨さんは、此花家の血筋に相応しい能力を持っていると。

　当時の琢磨さんは有望な人材を探していたのだろうか？　だとすると静音さんはお買い

得もいいところである。学院での成績はとても良い。しかし卒業後は家を継ぐわけでもない。そんな静音さんに声を掛けたのは、正しい判断だと思った。

「じゃあ静音さんは、琢磨さんに感謝しているんですね」

「いえ、まったく」

あれ？

そういう話の流れではなかったか。

「いざ琢磨様のもとで働けば、それまでの恩は全て帳消しになりました。……あの方は本当の本当に我儘（わがまま）ですから、毎日、胃に穴を開ける思いをしました」

「我儘というなら、雛子もそんな気がしますけど……」

「ふっ」

静音さんは乾（かわ）いた笑（え）みを浮かべた。

「琢磨様に比べれば、お嬢様なんて可愛いものです。……あの方は、目を離したら南極とかにいますからね」

静音さんが遠い目をして言う。

我儘の次元が違った。雛子は体力を使いたがらないタイプなので、なんだかんだ大人しいが、琢磨さんはバイタリティ溢（あふ）れて周りを振り回すタイプのようだ。

「そんな琢磨様の奔放さにうんざりして大学へ戻ることを検討していたところ、華厳様の計らいによって、私はお嬢様に仕えるようになりました。……そして今に至ります」

そう言って静音さんは話を締め括る。

静音さんも今の立場になるまで、かなり苦労してきたみたいだ。

どうして静音さんがメイドになったのか。どうして静音さんは雛子へ仕えるようになったのか、それぞれの疑問が解消された。

だが同時に、俺は琢磨さんのことが気になってきた。

「あの、静音さん」

「何でしょうか？」

「実はこの前、琢磨さんに会った時、最後にこっそり言われたんです。『今の君じゃあ、雛子の居場所になり得ないよ』って。……これってどういう意味だと思いますか？」

「……そうですね。伊月さんはどう思いますか？」

質問を質問で返された理由は、多分この問題は自分で考えることが大事だからだ。

とはいえ俺も、あれから色々と考えた末に相談している。

「もっと、学力や立ち振る舞いを洗練させる必要があるのかなと思いました」

「なるほど。順当に考えればそうですが……多分、違うと思います」

　俺の予想は外れらしい。

「恐らく琢磨様はもっと根本的なところを指摘しているのだと思います。成績でも、振る舞い方でもなく……」

「……静音さんは、琢磨さんが何を言っているのか分かるんですか？」

「予想ですけどね。……ですがそれを、今の伊月様に求めるのは正直酷な気もします」

　静音さんは難しそうな顔で唇を引き結んだ。はっきりアドバイスするべきか、それともまだ黙っておくべきか悩んでくれているのだろう。琢磨さんの真意は、俺が思っている以上に俺にとってデリケートなものなのかもしれない。

　やがて俺たちは家に着く。

　玄関のドアを開けると、雛子が肩を跳ね上げて驚いた。

　雛子は手元にあった何かを、凄い勢いで紙袋の中に突っ込む。

「雛子、どうした？」

「な、にゃんでも、ない……っ！」

　何かしていたのだろうか？

　顔が真っ赤だ。

「あ、そうだ」

忘れないうちに、俺は買い物袋から雛子に見せたいものを取り出した。

「静音さんが見つけてくれたんだけど、風呂で使うブラシを買ってきたんだ。シャンプーの前にブラッシングしたら汚れを落としやすいみたいだから、今日からやってみよう」

本当は時間をかけて丁寧に洗うだけでもいいらしいが、普段の広々とした風呂ならともかく、今俺たちが使っている風呂は狭いし通気性もそこまでよくないので、雛子はいつも早めに出たがっていた。ブラシを買ったのは風呂の時間を短縮するためだ。

少しは興味を持ってくれるかと思ったが——。

「きょ……っ」

「きょ?」

「きょ、今日は、お風呂……自分で入りゅ、から……っ！」

雛子は噛みながらそう言った。

予想外の反応に、俺はしばらく放心する。

「……俺、何かしたでしょうか」

「いえ、大丈夫ですよ」

不安になる俺を他所に、静音さんは床に転がっている紙袋を見た。

静音さんは事情を察したかのように頷き、

「お嬢様も、成長しているということです」

「……？」

どういう意味なのか、サッパリ分からなかった。

しばらくすれば元に戻るだろうか……そう思い、今は気にしないことにする。

しかし、そんな俺の予想は外れた。

この日を境に、雛子の様子はおかしくなった。

四章◆良い変化のために

翌朝。

「静音(しずね)さん。おはようございます」

「ええ、おはようございます」

目を覚ますと、既に静音さんが起きていた。長い黒髪(くろかみ)には寝癖(ねぐせ)一つついておらず、服もメイド服に着替(きが)えているので、同じタイミングで起きたというわけではなさそうだ。

「朝食の準備はできています。もう食べますか?」

「……はい。ありがとうございます」

テーブルを置くスペースを確保するために、仕切りを動かす。

その時、少しうるさくしてしまったのか、雛子(ひなこ)が目を覚ました。

てっきり二度寝(にどね)するかと思ったが、俺と目が合った瞬間——。

「ん、む……っ⁉」

雛子は目を見開き、勢いよく身体を起こした。

「おはよう、雛子。今日は早起きだな」

「……か、顔、洗ってくる」

雛子は微かに顔を赤く染め、慌ただしくユニットバスの中に入った。

やはり様子がおかしい。一晩経てば直るかと思ったが……。

布団を押し入れに片付け、テーブルを設置していると、雛子が戻ってきた。

「いただきます」

雛子が起きたので、食卓には三人分の朝食が用意されていた。

メニューはベーコン、オムレツ、野菜のサラダ、パン……洋風の朝食のようだ。

最初に喉を潤そうと思い、手元に置かれたグラスを取る。

中には野菜ジュースのようなものが入っていた。

「これ、もしかして自分で作ったんですか？」

「ええ。昨晩購入したミキサーでスムージーを作ってみました」

流石はメイド長。やることなすこと本格的だ。

カリッと焼けたベーコンも、中が半熟でとろとろのオムレツも美味しい。

静音さんの料理の腕前に感動していると、雛子が先程から一口も食べずにぼーっとしていることに気づいた。

「仕方ないな」

学院の昼休み。二人で弁当を食べていると、偶に雛子はこんな感じになる。

俺はスプーンでオムレツをすくい、雛子の口元に近づけた。

「ほら」

いつものように食べさせてほしいのだろう。

そう思ったが、雛子はびっくりしながらこちらを見て、

「ちちち、違う……っ！」

「えっ、じゃあなんで食べないんだ」

スプーンを置き、質問する。

すると雛子は、顔を伏せながら答えた。

「ち、近い……」

琥珀色の髪の隙間から見えた雛子の耳は、林檎のように真っ赤に染まっていた。

……それは俺と雛子の距離が、という意味だろうか。

俺たちは今、隣に並んで座っていた。しかしその距離はいつも屋敷で食事をとっている時と大して変わらない。

「でも雛子、すぐに食べ物落とすだろ」

「うっ」

演技を解いた素の雛子も、普通に食事をすることはできるが、余所見したり寝ぼけたりでしょっちゅう口から食べ物を零していた。

それを未然に防ぐのも、お世話係である俺の役目である。

「きょ、今日は、頑張るから……！」

そう言って雛子は、掻き込むように食べ物を口に入れた。

しかし慌ててしまっているせいで、その頬に卵の欠片がついてしまう。

「雛子。少し動かないでくれ」

テーブルの中央にある紙ナプキンを取り、俺は雛子の頬を拭いた。

「よし、取れた」

なんだか牛丼屋でも似たようなことをしたな、とぼんやり思う。

しかし雛子は俺と違い、何故か口をパクパクと動かし——。

「あうぅ～～～～!!」

「雛子？」

雛子はとても恥ずかしそうに、顔を真っ赤にした。

いつもやってることなのに……どうしたんだ、一体？

◆

昼。俺は日課の予習、復習をしていた。

この日は数学の勉強である。昨日の勉強会にて、天王寺さんが唐突に問題を作ってくれたのだが、それが解けなかったので数学の復習が足りないことを自覚できた。

誰かと一緒に勉強すると得られるものが多い。バイト三昧でろくに人付き合いができなかった以前の暮らしでは気づけなかった事実だ。

その時、ふと視線を感じて顔を上げる。

「雛子、どうした？」

「な、なんでもない」

雛子はふいと視線を逸らした。

しかし、俺が勉強に集中すると……また視線を感じる。

「雛子？」

「なんでも、ない」

「いや、そのわりにはさっきからずっと見てくるし……」

「…………気のせい」

絶対、気のせいではない。

顔に何かついているのだろうかと思い鼻や頬を触ってみるが、特に何もなかった。

テレビ台の上にある時計に目をやると、午後二時を示していた。外は明るく、穏やかな空気が流れている。

（……そろそろ雛子が寝そうだな）

休日の雛子は、いつも大体この時間に寝ているのだ。

「雛子、布団を出すか？」

そう尋ねると、雛子はぎこちなく首を横に振り、

「…………きょ、今日は、寝ない」

「えっ」

そんな馬鹿な。

寝ない？　あの雛子が、そんな言葉を口にするわけがない。

一瞬、目の前の少女が雛子の偽者かと疑ったが、流石にそれはないだろうと思い、俺は次の疑いを晴らすことにした。

「雛子」

「ん、え……っ⁉」

勉強を中断し、俺は雛子の傍に近づく。

雛子のサラサラの髪を横に流し、その真っ白な額に手を添えた。

「……よかった。熱はないな」

ここ最近の変な様子は体調の問題かと思ったが、そういうわけではなさそうだ。

まあ、雛子が健康であるならそれに越したことはない。

しかし雛子は、涙目になって俺から離れ、

「ううう～～～～～～～～～～!!」

「雛子？」

雛子は赤く染まった頬を隠すかのように両手で顔を覆い、唸り声を上げた。

◆

夜。この日は夏にしては少し気温が低めで、外が暗くなると程よく涼しさを感じた。

夕食を済ました後。俺はテレビを眺めながら考える。

（……もしかして俺、避けられてる？）

　夕食の時、雛子は俺の隣ではなく斜め前に座った。

　正面ならともかく斜め前である。気にしすぎかもしれないが、いつもの距離感から考えると雛子が物凄く遠ざかってしまったように感じてしまう。

「きょ、今日も、一人でお風呂入るから……！」

「あ、ああ」

　やっぱり……避けられている。

　ユニットバスへ入っていく雛子を見届け、俺は両手と両膝を床について落ち込んだ。

「伊月さん、お気を確かに」

「……大丈夫です。でも二日連続で断られるなんて、やっぱり俺が何かしたんじゃ……」

「冷静に考えて、同い年の異性と一緒にお風呂へ入る方が異常ですよ」

「……確かに」

　俺は一瞬納得した。

「い、いや、でも！　今まで一緒だったじゃないですか！」

「今までがおかしかったんですよ」

「それは、まあ……！　そうですけど……!!」

　そう言われると反論できない。

仮に今までが異常だったとして、問題は何故今更変化が起きたのかということだ。

思えば以前から、雛子は偶に俺を避けていた。たとえば、朝起こしに行く係をしばらく静音さんに代わってもらったことがある。

あの時も原因が最後まで分からず、結局、時間が解決した。

今回も待つべきだろうか？　しかし、このままではとても落ち着けそうにない。

「……試しに、静音さんの口から頼んでもらってもいいですか？」

「まあ、いいでしょう」

静音さんがユニットバスの方を見る。

「お嬢様。伊月さんが髪を洗ってあげたいそうですが」

「む、無理……っ‼」

ドアの向こうから雛子の声が聞こえた。

雛子にしては、とても力強い否定だ
「そんな……っ⁉」

今度こそ俺は膝から崩れ落ちた。

無理——雛子から告げられたその一言が頭の中に反響する。

そんなに拒絶されるなんて……しばらく、立ち直れそうにない。

「……計算外です。お嬢様のことを考えて、焦らずに見守るつもりでしたのに……いつの間にかこちらも重傷を負っていたとは」

静音さんが額に手をやって呟いた。

その時、カチャリと小さな音がして、ユニットバスのドアが開く。

「し、静音……」

「なんですか、お嬢様？」

「……下着、持ってくるの忘れた」

恥ずかしそうに言う雛子。

しかしその声を聞いた俺は、ここに名誉挽回のチャンスを感じた。

「お、俺が取ります！」

「……いえ、それは止めた方がいいかと」

「大丈夫ですよ！　最初の頃は着替えも手伝っていたんですから！」

押し入れの傍にあった雛子の鞄を開ける。

目当てのものを見つけた俺は、すぐに雛子のもとへ駆けつけた。

「ほら雛子！　パンツ持ってきたぞ！」

白い下着を、ドアの前に持っていった。

勿論、俺は風呂場にいる雛子の身体を見ないよう、目をちゃんと瞑っている。

これでどうか機嫌を直してほしいと思ったが――。

「～～～～っ!!」

雛子はまた唸り声を上げ、勢いよく俺の手から下着を取った。

「へ、へ、へ…………」

「へ？」

「変態……っ!!」

激しくドアが閉められる。

「へん…………っ⁉」

今、俺は何と言われた……？

あまりのショックに呼吸すら忘れる。

「い、伊月はしばらく、家から出て行って……!!」

言葉のナイフが胸に突き刺さった。

俺は呆然としたまま、外へ出る。

◆

五分後。

肌寒い風のおかげで頭が冷えた俺は、すっかり我に返った。

「……俺は、変態だ」

なんであんなことをしたんだ。

急に雛子との距離を感じて、焦っていたのかもしれない。

昨晩から……いや、思えば夏期講習が終わった頃から雛子の様子は変だった。なのに俺までおかしくなってしまってどうするのか。

待つべき時なのか、それとも動くべき時なのか、どちらか分からなかったのだ。

動くべき時だと思って色々出しゃばった結果、失敗してしまった。今更遅いが、今回はきっと待つべき時だったのだろう。

ただ、そこまで考えてから気づいたが……待つのは辛いのだ。

動き回っている方が、気が楽である。だから俺は動いてしまったのだ。雛子のためという気持ちはあるが、それ以上に俺自身が楽になりたくて。

俺は未熟だ……。

家のすぐ外で屈んで反省していると、玄関のドアが開く。

「少しは頭が冷えたようですね」

静音さんが凹む俺を見て言った。

「私も追い出されてしまいました」

「え」

「お嬢様は、しばらく一人になりたいみたいです。元々この家はプライベートの確保が難しいですからね」

それは確かにそうだ。

思えば俺が住んでいた頃は、両親はわりと不在な時が多かったし、俺も学校とバイトであまり家にいなかった。だからそこまで気にならなかったのだろうが、今回は俺たち三人とも長い時間この家にいる。

しかし……。

「雛子が、そんなこと気にするとはとても……」

なにせ普段から隙あらば俺の部屋で寝ているのだ。今までの雛子は、特に一人の時間が欲しそうにはしていない。

「これからは気にするのかもしれませんね」

それもまた、静音さんが良いものと考えている変化のうちなのだろうか。

少なくとも今の俺にとって雛子の変化は、戸惑いを生むものでしかなかった。

二人を家から追い出した雛子は、クッションに顔を埋めて悶えた。

（うぅぅ～～～～！！）

外に出してしまって申し訳ない気持ちはある。しかし今ばかりはどうしても一人の時間が欲しかった。

（どうして、伊月は何も感じないの……っ!?）

こんな気持ちは初めてだった。

今朝も、昼も、さっきのことも！

自分はこんなにもドキドキしているというのに、伊月は何も感じていない。

（もっと……研究しなきゃ）

この変な気分を落ち着かせるには、正しい知識が必要なのではないだろうか。

そう思い、雛子は百合から借りた少女漫画を読む。

主人公の女子高生は、同じクラスのイケメン男子高校生と二人で食事をしていた。二人はパスタを食べていたが、ふと男子が主人公の口元に紙ナプキンを近づけ――。

――ここ、ついてるよ。

口元についていたソースを、爽やかな笑顔で取ってやった。

きゅんっ！　と主人公は頬を赤らめときめいた。

そのシーンを見て、雛子は目を見開く。

「ま、まま、まままま……漫画と、一緒のことしてる…………っ!?」

今朝、伊月が頬についた汚れを取ってくれたことを思い出す。

百合から借りた少女漫画が、恋愛を題材にしていることは雛子も気づいていた。

それと全く同じことをしているのに、どうして伊月は平然としているのか。

（……もしかして、伊月も私と同じ？）

ひょっとしたら、伊月も自分と同じように恋愛を理解していないのかもしれない。だからこそ平然とああいうことができるのではないか。

（伊月に、訊かなきゃ）

雛子は百合から借りた漫画を手に、玄関のドアをそっと開けた。

こっそり外を見ると、伊月と静音が談笑している。

「でも静音さん、調理器具をそんな頻繁に交換したら廃棄も大変じゃないですか？」

「中古で売ることができるんですよ。販売会社によりますと、個人経営の飲食店などに需要があるそうです。逆に私たちも中古で買うことがあります。たとえば――」

　どうやら仕事に関する話をしているようだ。お互い充実した顔つきで、使用人の働き方について語り合っている。

（……なんか、仲よさそう）

　モヤッとした。

　これもまた漫画と同じ。……最近、こういう気持ちになることが多い。

　静音は自覚しているのだろうか。伊月が相手の時だと、いつもより口数が多くなる。

（この二人……色々、似ているところがあるし）

　二人のことを近い距離で見てきた雛子だからこそ気づいていた。

　伊月と静音は似たところがある。一つは生真面目なところ。もう一つは意外と凝り性なところだ。二人とも、一度学ぶと決めた分野は徹底的に学ぼうとするし、いざ実践の機会が訪れたら「折角だから」という気持ちで何かこだわりを発揮する。たとえば静音は朝食にわざわざスムージーを用意したし、伊月はカレーに隠し味を用意した。この二人……ワンポイントのこだわりを入れたがるのだ。

「……伊月」

　二人の会話を遮るように、雛子は声を出した。

「あ、雛子⁉」

こちらに気づいた伊月が目を見開いて驚く。

静音も驚いていたが、なんだか今は目を合わせにくかったので、視線は向けなかった。

「雛子……その、さっきはごめん。ちょっとどうかしていた」

「……それは、もういい」

本当はよくないが、今は他に訊きたいことがある。

「……これ、知ってる？」

雛子はその手に持っていた漫画を伊月に見せる。

すると伊月は目を丸くした。

「少女漫画？　なんで持ってるんだ？」

「平野さんから借りた」

紙袋の中身は漫画だったのか、と伊月は小さく呟く。

「少女漫画にはあまり詳しくないが……その花より饅頭って漫画は、俺も百合から借りたことがあるな。五巻くらいまでは読んだぞ」

「………よ、読んだの？」

「ああ。結構面白かったと思う」

伊月は堂々と言う。

伊月の答えを聞いた雛子は、再び家の中に戻ることにした。

「え……あの、雛子？」

「……もう少しそこにいて」

考えることが更に増えた。

まだ一人の時間が必要である。

（よ、読んでた……）

雛子は天を仰いだ。

（じゃあ伊月は……こういうのを知ってるのに、今まであんなことを……!?）

それって、どういうことなんだ？

意味が分からず雛子はぐるぐると目を回した。

まだ研究が足りないのだろうか。雛子は更に少女漫画を読み耽る。

主人公の少女が、意識している男子に膝枕をされているシーンがあった。

また漫画と同じことをしていた……！

雛子は顔を真っ赤にするが、

――膝枕なんて、ドキドキして余計眠れないよぉ！

主人公の少女はそんなことを考えていた。

(……あれ?)

雛子は違和感を覚える。

(私が、膝枕してもらった時は……こんな感じじゃなかった)

伊月の膝枕はとても温かい。

気持ちが穏やかになるし、安心して眠ることができる。

ドキドキして眠れない――なんてことはない。

この違いは何だろうか。雛子は気になったが、どれだけ漫画を読み進めても明らかにはならなかった。

(……誰かに、訊くしかない)

雛子はスマートフォンを手に取った。

相談相手は決まっている。

この漫画を貸してくれた本人だ。

「もしもし、平野さん?」

『此花さん? どうしたの?』

百合はすぐ電話に出てくれた。

　雛子は深呼吸して、話し始める。

「お借りした漫画、読ませていただきました。漫画を読むのは初めてでしたので、少し時間が掛かりましたが……」

『え、漫画読んだことなかったの？』

「はい」

『……なんていうか、本当に漫画に出てくるお嬢様みたいな感じよね、此花さんって』

　百合は何故か納得したような声を漏らした。

『それで、どうだった？』

「その、どれも面白かったです」

『面白かったねぇ……』

　雛子のコメントに物足りなさを感じたのか、百合は微妙な反応を示した。

『好きって言葉の意味、分かった？』

「っ」

『あはは！　ちゃんと分かったみたいね』

　雛子の動揺を察し、百合は笑う。

　雛子はどうにか落ち着きを取り戻し、できるだけ冷静な声音で話した。

「……正直、好きという感情をちゃんと理解できているのか、まだ自信はありません。ただ漫画を読むうちに幾つか訊きたいことができましたので、電話させていただきました」

『分かった。できる限り真剣に答えてみる』

頼もしい返事だった。

「まず、この花より饅頭という漫画なのですが――」

雛子は手元にある漫画のページを捲りながら、質問していく。

「ここは、どうして手を繋ぐことにしたのでしょうか」

『それはやっぱり、好きな人と手を繋ぐと嬉しいから、勇気を出したんじゃない？』

「では、ここはどうして二人とも抱き合っているのでしょうか」

『えっと……た、多分、二人とも相手の気持ちを確認したかったんじゃない？』

百合はどこか恥ずかしそうに答えた。

「どうしてここで、キスをしたのでしょうか」

『そ、それは多分……今は家に親がいないし、こんな機会もうないかもしれないと思ったら、ついやっちゃったというか……あ、あれ？　もしかして私、今拷問受けてる？』

百合は限界を超えそうな恥ずかしさを誤魔化すように変なことを言った。

意味が分からず不思議に思っていると、百合はわざとらしくコホンと咳払いする。気にしないで続けてくれという言葉が暗に伝わった。

「では、この膝枕は……」

『うーん……自分たちが特別な距離感であることを、実感したかったとか……？』

先程説明してもらった、手を繋いだり抱き締めたり、キスをしたりする行為と似たような意味らしい。

しかし雛子は違和感を覚えた。

「…………膝枕は、そういう意味とは違うのではないでしょうか？」

『え？』

不思議そうにする百合に、雛子は説明する。

「仮に……あくまでたとえばの話ですが、私が男性に膝枕をされたとします」

『ちょっと待ってそんなに進んでるの？』

「はい？」

『あ、ごめんなさい。えっと、続けて』

何故か百合はとても戸惑ったが、すぐに落ち着いてくれた。

雛子は続ける。

「私は、膝枕をされたとしても……そんなにドキドキしないように思うのです。寧ろ居心地がよくて、ゆっくり眠れるのではないかと」

『そう？　慣れているとかならそうかもしれないけど……』

慣れる前からそうだったので、回数はきっと関係ないだろう。

「他にも似たような事例は幾つかあります。たとえば、移動する際におんぶしてもらうとか……これは抱き締めることと近い行為だと思いますが、私はやはりドキドキするのではなく、安心するような気がするのです」

屋敷にいる時、偶に伊月におんぶで部屋まで運んでもらうことがある。

こちらもドキドキするというよりは、安心してうっかり眠ってしまいそうになる。少女漫画の主人公とは違う感情を抱くことが多い。

この感性は自分だけの、独特なものなのだろうか。

『うーん……逆に此花さんがドキッとするのは、どんなことなの？』

その問いかけに、雛子は最近ドキッとしたことを思い出した。

「……たとえば、一緒に料理をしている時、偶々肩が触れてしまうとか……」

『〜〜〜〜っ！　可愛いわねぇ……っ！』

手を繋いだり抱き締めたりすることが多い少女漫画と比べると、自分の意見は少々慎ましいかもしれない。しかし百合はそれがいいのだとでも言わんばかりに絶賛した。

『なんとなく分かったかも。……要するに、恋人っぽいかどうかって話じゃない？』

「恋人っぽい……ですか？」

『たとえば膝枕は、子供が甘えているようなイメージがあるでしょ？　おんぶも同じ。でも肩を並べて料理とかは、恋人っぽいというか夫婦っぽいし、そういうのを意識しちゃうとドキドキするってことじゃないかしら』

　まるで自分ですら触れたことのない心の奥底を、見透かされたかのような気分だった。全ての辻褄が合う。合ってしまう。

　自分が伊月に、どういう感情を抱いているのか明らかになってしまう。

　何故か、否定しなくちゃいけないような気がした。

　その感情を認めてしまうと、どうにかなってしまいそうで……。

「で、ですが、肩が触れ合った時の感情は、単に驚いただけかもしれません。そう考えると、膝枕やおんぶは突然やることではないですし、合点がいくのでは……」

『いやいや、流石に驚いた時のドキッと、ときめいた時のドキッが違うのは此花さんも分かるでしょ』

「う……っ」

　直球の言葉を投げかけられ、雛子は沈黙した。

曲がりなりにも高嶺の花とか完璧なお嬢様とか呼ばれている雛子に、こうもはっきりとものを言える人物は滅多にいない。貴重な意見だった。

『此花さんの場合、甘えたい気持ちと恋愛がごっちゃになってるんじゃない？』

「ごっちゃ……？」

『混ざってるってこと。……だから自覚するのも難しかったのかもね』

百合は納得したように言った。

『あのね、此花さん。私、夏期講習で伊月と此花さんが二人きりで花火をしているのを見たの。あの時の此花さんの顔は、今もよく覚えてる。……あの顔はさ、ただ甘えたいだけの人にするものじゃないと思うわ』

これもお節介かもしれないけどね、と百合は言った。

「顔、ですか……」

自分の顔なんて、あまり興味を持ったことがない。

毎朝、髪をセットしてもらう時に鏡を見ているが、完璧なお嬢様の演技をしている状態ならともかく、いつもの自分の顔はぼけーっとしていることが多かった。眠たそうで、怠そうで、はっきりいって人から好まれるような顔ではないと思う。

その顔から何を感じ取れたというのか……気になった雛子は立ち上がり、ユニットバスにある鏡を見に行った。

どうせいつも通りの気怠そうな顔が見えるだけだ。

そう思ったが、鏡に映っていた自分の顔は――――。


「…………………………あ」


そこに映っていたものは、雛子の知っている自分ではなかった。

赤らめた頬。潤んだ瞳。期待と不安が綯い交ぜになった表情。

そこにいたのは、完璧なお嬢様でも気怠そうな少女でもない。

こんな顔……初めて見た。

あまりにも普段の自分と違うから、一瞬、他人の空似かと思った。

――――ああ、確かに。

最初から鏡を見ていればよかったかもしれない。

そうすれば、きっとすぐに理解した。

目の前にいるのは、今までの自分ではなかった。だから今までの価値観では、この胸中に蟠る気持ちを理解できなかったのだ。

鏡が映すのは、見知らぬ少女。けれどそれは今に始まったことではなく……きっと気づいていなかっただけで、本当はずっと前からこの少女が映っていたのだろう。

そこにいるのは新しい自分。

伊月のおかげで、変化した自分だった。

『大丈夫？』

「……はい、もう大丈夫です」

気を遣ってくれたのか、百合は雛子の沈黙をたっぷり待ってから声を掛けた。

おかげで、雛子は気持ちを整理することができた。

「きっと、理解しました。私の気持ちも……平野さんの言葉の意味も」

自らの口から出た言葉を、噛み締めるように雛子は言う。

すると、百合が穏やかに笑った気がした。

『なんていうか、やっと此花さんの素の気持ちを聞けたような気がするわ』

「すみません。隠しているつもりはなかったのですが……」

『気にしなくていいわよ。なにせ此花さんは、此花グループのご令嬢なんだから。色々大変な立場だろうし、いきなり素を出すなんて難しいわよね』

本当に何も気にしていない様子で告げる百合に、雛子はしばらく返事ができなかった。

完璧なお嬢様の体裁を守るために、雛子はこれからも素の自分を百合に見せるつもりはなかった。だから「隠しているつもりはない」という発言は嘘だった。しかし百合は、それすら見抜いた上で肯定しているように感じるほど、大きな器を見せてくれた。

「平野さんは、優しいですね」

『そ、そう？』

「はい。友成君と同じです。さりげなく相手を支えるといいますか……そんなふうに優しくされると、つい心を開いてしまいそうになります」

『此花さんにそんなことを言われると、舞い上がっちゃうくらい嬉しいわね』

どこかむず痒そうに百合は笑う。

『でもね、此花さん。一応言っておくんだけど……』

百合は少し声の調子を真剣なものにして、続けた。

『汝に届けって漫画に、ナッツちゃんって呼ばれてる女の子がいるでしょ？　もし此花さんがこの漫画の主人公だとしたら、私はこのナッツちゃんだからね』

「……え」

通話が切れた。

雛子はスマートフォンを床に置き、汝に届けという漫画のページを捲る。

ナッツちゃんと呼ばれるキャラクターの立ち位置は、ある意味とても分かりやすい。主人公の、恋のライバルだ。

「……………………えう」

複雑な感情が胸の中で渦巻いた。

これから、こういう感情とも向き合っていかなければならないのだろうか。

今の自分には、まだちょっと難しいかもしれない……雛子はそう思った。

◆

翌日。

昼食を済まして、のんびりした空気が家の中に流れていた。

静音さんが洗濯物を干している間、俺は掃除機をかける。

コンセントの位置を変えるために一度掃除機の電源を切ると、テレビから芸能人の笑い声が聞こえた。そういえば雛子がテレビを見ているんだった。掃除機の音がうるさかっただろうか、と思い雛子の方を見る。

雛子は、ぽけーっとしていた。

　その視線は虚空に向けられており、何を考えているのかサッパリ分からない。

「雛子、調子悪いのか？」

「んー……そういうわけじゃ、ない」

　雛子は首を横に振った。

「悩み事が、色々ある」

　本人も普段と様子が異なることは自覚しているのか、誤魔化しはしなかった。

「話くらいならいくらでも聞くぞ」

「ありがと。でも、多分これは、自分で考えなくちゃいけないことだから……」

　その悩みは俺に打ち明けられないものらしい。

　雛子は再びぽけーっとした。

　掃除機を片付けて、俺はベランダへ向かう。

「静音さん、手伝います」

「ありがとうございます。ではそちらの布団を干してください」

　三人分の布団を一度に干すスペースはないので、この日は雛子の布団だけを洗濯していた。シーツの皺を伸ばし、風で飛ばされないよう洗濯ばさみで固定する。

「どうしました、伊月さん」

考え事をしながら動いていることがバレたのか、静音さんが訊いた。

「いえ、その……今日も雛子が何かに悩んでいるみたいなので」

「お嬢様も人間ですから、そういう時はあるでしょう」

「それはそうですが……」

この気持ちを、どう伝えればいいのだろう。

晴れた空を眺めながら、言葉を絞り出す。

「なんていうか、力になれないのが悔しいというか……」

傲慢な考えかもしれない。

けれど、一人で悩んでいる雛子のことを見る度に、俺はそう思ってしまうのだ。

「大丈夫ですよ」

そんな俺に、静音さんは微笑んだ。

「伊月さんは、そのままで大丈夫です」

雛子との付き合いは俺よりも静音さんの方が長いのだ。そんな静音さんが大丈夫だと言ってくれるなら、少しは安心できる。

だが同時に、俺はどうしても思い出してしまう。

――今の君じゃあ、雛子の居場所になり得ないよ。

琢磨さんに告げられた言葉が、頭の中で何度も反芻される。

俺が今、雛子の力になれないのは……雛子が今、一人で何かに悩んでいるのは、俺が雛子の居場所になれていないからじゃないだろうか。

そんな不安がつきまとっていた。

洗濯が終わり、室内に戻る。

「ん？」

ポケットに入れていたスマートフォンが震動した。

アプリが同級生からのメッセージの受信を報せている。

「同窓会……？」

先日、学校の前で再会した元クラスメイトの一人が企画したらしい。日付は明日。随分急なことだが、夏休みも終盤だし仕方ないだろう。

参加可否を集計するアンケートのページに移動すると「伊月と会えるかも！」という無責任な文章が載せられていた。同窓会を企画した切っ掛けは、俺がこの街に帰ってきたことらしい。しかしその後のメッセージのやり取りを見る限り、偶にはこういうイベントもいいんじゃないかという思いつきが大部分のようだ。……実際、あまり俺と交流のなかった元クラスメイトたちが、早速参加の意思を示している。

イベントの主役として扱われるのは恐縮だし慣れていないが、そういうわけでもないなら俺も参加していいかもしれない。先日、学校の前で彼らと軽く話したが、懐かしくて楽しかった。こういうイベントに誘ってくれるのは、やっぱりありがたいことだと思う。

(でも、今は雛子の様子がおかしいしな……)

アンケートの締め切りは今日中だが、返事はギリギリまで保留にしておこう。

俺はスマートフォンをポケットに仕舞った。

◇

夕食が終わった頃。

雛子は、少しずつ冷静さを取り戻していた。

自分の変化を受け入れると、今までの日常に対する考え方も一変する。膝枕してもらったり、おんぶしてもらったり……思えば随分ベタベタと接していたものだ。

これからは、我慢しなければならないのだろうか。

そう思うと気持ちが重たくなる。

「雛子。今日も風呂は一人で入るのか?」

「っ」

風呂掃除をしていた伊月が訊いてきた。

まさに今、考えていたことなので過剰に驚いてしまう。

どうしよう、断らなきゃ。

これからは一人で入るって伝えないと……。

伝えないと……。

…………。

「か、髪……洗って」

「っ!!　ああ、任せろ！」

伊月の表情が、ぱあっと明るくなった。

ここ最近断り続けていたから、嬉しかったのだろうか。

しかしそんなウキウキとした気分の伊月とは裏腹に、雛子の内心は複雑だった。

（い、言ってしまった……）

断らなければいけなかったのに……。

雛子は水着に着替え、落ち着かないまま湯船に浸かる。髪を洗う段階になったところで伊月を呼び出すと、やはり上機嫌な様子でやって来た。

「かゆいところはないか？」

「だ、大丈夫……」

メンタルは絶賛トラブル発生中だった。

（……私、はしたないのかも）

無垢なフリをしてしまった。

もう自分の感情に気づいているのに。

水着を着ているとはいえ、男女が一緒に風呂へ入るということが、どれだけそれっぽい行為であるかも理解しているというのに。

全て知らないフリして、伊月を従わせてしまった。

（でも……一緒に、入りたいもん……）

後ろめたさよりも欲望が上回ってしまった。

雛子の胸は、伊月に対するドキドキと罪悪感でいっぱいだった。

思わず両手で顔を隠す。

「悪い、目に入ったか？」

雛子は無言で首を横に振った。

髪の手入れが終わると、伊月が風呂場から退散する。

風呂から出る時、鏡で自分の顔を見ると真っ赤に染まっていた。伊月はのぼせたと勘違(かんちが)いしてくれたのだろう。しかしこの赤さは、決して身体が熱いからではない。

風呂から出ると、勉強していた伊月がこちらを振り向いた。

「じゃあ次は俺が風呂に入るか」

着替えを取りに行く伊月の背中を、雛子は無言で見つめる。

一つ屋根の下で過ごすことの、特別な意味合いも雛子は理解していた。

この感情を自覚すればするほど困惑(こんわく)する。けれど知らなくてよかったとは思わない。困惑する代わりに、幸せを噛み締めることもできるようになった。

もっと知りたい。

もっと恋愛について勉強したい。

そう思った雛子は、百合から借りた漫画の続きを読むことにした。

（伊月がお風呂に入っているうちに、読まないと）

少女漫画はただでさえ刺激(しげき)が強すぎるため、伊月が傍(そば)にいると集中して読むことができない。静音も書類仕事に集中している。今なら漫画を読んで多少激しいリアクションを取ってもバレないだろう。

ページを捲る。

それは二人の少女が、一人の男子を巡って争っているシーンだった。

——ふん、彼はもう私のものよ。貴女は二度と関わらないで。

厚化粧の少女が言った。こちらは主人公ではなく恋のライバルキャラだ。

この少女は執着心が強かった。一度欲しいと思ったものはブランド品から人間まで全て手に入れようとする。実家が金持ちだからか金に物を言わせる悪癖もあって、時には強引な手段で欲しいものを入手することもあった。

（このキャラ……むかつく……っ！）

厚化粧の少女は、分かりやすく悪役として描かれているため、雛子はすっかりこのキャラクターのことが嫌いになっていた。

自分勝手で、相手の気持ちを一切考えておらず、いつも誰かを振り回しているのにそれを自覚していないような少女だった。

そんな少女と、遂に主人公は真正面から戦うことにした。

——どうして気づかないの⁉

主人公は叫ぶ。

——アンタは、あいつを束縛して、自分のものにしたいだけよ！

ビクリ、と厚化粧の少女は肩を跳ね上げた。

図星を突かれたのだろう。

だが、その言葉は――――。

「――――あ」

あ。

ああ。

その言葉は、漫画の中にいるキャラクターだけでなく雛子の胸にも突き刺さる。

――もうこれ以上、あいつから何も奪わないで！

主人公の悲痛の叫びが、雛子の浮ついた心に冷や水を浴びせた。

どうして……忘れそうになっていたのだろう。

自分の感情を理解して、それで舞い上がってしまったのだろうか。

馬鹿だ。

向き合わなくちゃいけない事実は、もう一つあるのに。

私は――伊月の人生を奪ってしまったかもしれない。

夏期講習で伊月の昔話を聞いた時から、雛子はずっとそう思っていた。

お世話係になる前の伊月には、今と全く異なる人生があった。それを唐突に奪ってしまったのが自分だ。伊月は本来ただの一般人で、貴皇学院に通うこともなかったのに、人並み以上の努力を強いて無理矢理この上流階級の社会に連れて来てしまった。

自分が声を掛けなければ、伊月は今頃野垂れ死んでいただろうか？　……確かに伊月は両親に見捨てられていたが、百合の話を聞く限り、それで伊月が立ち直れなくなるとは思えない。伊月には既に頼れる人脈があった。きっと自分が手を差し伸べなくても、百合を中心とした元クラスメイトたちの伝手でなんとかやり直すことができただろう。

だったら……余計なことをしたんじゃないか？

自分の我儘のせいで、伊月の人生はおかしくなってしまったんじゃないか？

その不安と向き合うために、雛子はしばらく伊月の家で過ごそうと思ったのだ。

全ては、伊月の過去をもっと深く知るために。

自分がどれだけ伊月の人生をねじ曲げてしまったかを、自覚するために――。

「私は……」

漫画では、厚化粧の少女が何も言い返せずに悔しそうな顔をしていた。

今まで雛子は漫画の主人公に感情移入していた。主人公の少女みたいに、意識している異性と甘酸っぱい恋愛ができたらと淡い気持ちを抱いていた。

しかし、どうやら思い違いをしていたようだ。

「私は…………主人公じゃ、ない……」

自分は主人公ではない。この厚化粧の少女の方だった。

意識している男子を、幸せにするのではなく、苦しめる人物だった。

頭が痛い。

胸が苦しい。

雛子は、ゆっくり床に身体を横たわらせた。

「お嬢様？」

仕事をしていた静音が、身体を横にした雛子へ声を掛ける。

最初は眠っているだけかと思ったが――明らかに苦しんでいる雛子を見て、静音は顔色を変えた。

「――お嬢様っ⁉」

◆

丁度、風呂から上がろうとした時、静音さんの悲鳴が聞こえた。

俺はすぐに着替え、ユニットバスから出る。

「静音さん！　雛子がどうしたんですか⁉」

部屋の中央では雛子が寝ていた。しかしその顔は苦悶の表情を浮かべており、体調が悪いことは一目瞭然だった。額には大量の汗が滲んでいる。

「……熱です。久しぶりにきました」

乾いていない髪から水滴が垂れ落ちた。

心因性の発熱。日頃から完璧なお嬢様としての演技が強いられている雛子は、そのストレスによって定期的に発熱してしまうことがあった。

しかしここ最近はストレスが軽減できているのか、全く発熱しなかったので、心のどこかで油断してしまったのかもしれない。

熱にうなされる雛子を見て――俺は激しく動揺した。

「ど、どうして……」

「今までの例を考えると、やはりストレスでしょうね」

静音さんが沈痛な面持ちで言う。

「考えられる原因は色々あります。慣れない環境で過ごしていますし、慣れない人間とも関わりましたし、それに……」

静音さんは無言で俺を見た。

しかしすぐに視線を戻し、雛子の容体を確認する。

「い、医者はもう呼びましたか？」

「ええ。屋敷で控えていた専属の医者が、そろそろ来るはずです」

静音さんは雛子の額に冷水で冷やしたタオルを載せた。テーブルの上には開封済みの解熱鎮痛剤の袋と、一緒に飲ませたであろう水の入ったグラスが置いてある。

悲鳴が聞こえてから数分しか経っていないのに、もう一通りの処置が済んでいた。

「外で医者を待ってます！」

少しでも早く医者の到着に気づきたくて、俺は家の外に出た。

この辺りは道が入り組んでいる。もしかすると通り過ぎてしまうかもしれない。

だが、そんな不安は正直殆ど関係なかった。

何か……何でもいいから雛子のために行動したかった。

しばらく待っていると、黒塗りの車が家の前に停まった。

中からは、白衣を着た医者と――。

「やあ」

何故か琢磨さんが出てきた。

「外にいてくれて助かったよ。この辺り、薄暗くて迷いそうだったんだ」

「……琢磨さん、どうしてここに」

「屋敷で寛いでいたら産業医たちが妙に騒がしくてね。話を聞いたら、静音が医者を呼んでるとのことだから一緒に様子を見に来たんだ」

医者が家に入る。

琢磨さんは、開かれたドアの隙間から雛子を見た。

「そろそろ、こうなる頃だと思ったよ」

それはどういう意味だ……。

気になったが、今は雛子が心配でそれどころではない。

俺は医者と一緒に家の中に入ろうとする。

「ああ、待った。伊月君はちょっと俺と話そうか」

「話って……」

「彼らの腕は信頼できる。君が近くでウロウロしていても邪魔なだけだよ」

それは、そうかもしれない。

玄関のドアが閉まる。

肌寒い風が、俺と琢磨さんの間を通り抜けた。

「雛子がこうなった原因は何だと思う？」

琢磨さんが俺を見つめて言う。

静音さんの予想では、ストレスとのことだ。慣れない環境に慣れない人間関係……確かにここ最近の出来事は、雛子にとって刺激が強すぎた可能性はある。

でも、俺は違うような気がした。

何故なら雛子は最初から前向きだった。この家でしばらく暮らすことも、この街を観光することも、雛子自身が乗り気だったのだ。

牛丼屋で食事した時の雛子は本当に楽しそうだった。あれが発熱に繋がるほどのストレスになったとは考えにくい。未知の経験は多かっただろうが、雛子自身がそれを望んでいたのだからストレスも少ないのではないかと俺は思う。

しかし、それならどうして雛子は苦しんでいるのか――――。

「君だよ」

琢磨さんは言った。

まるで全てを見透かしているかのような目で、俺を真っ直ぐ見据えて。

「言っただろ。今の君じゃあ雛子の居場所になり得ないって。……駄目じゃないか。君は雛子のお世話係なんだから、ちゃんと居場所になってあげないと」

「そんなこと、言われても……」

じゃあ、どうすればよかったんだ。

俺には何が足りなかったんだ。

色んな疑問が膨らむ。

「雛子は不安なんだよ。君がどちらの社会で生きるか分からないから」

琢磨さんは語った。

「君は今まで過ごしてきた庶民の社会と、俺や雛子が生きている上流階級の社会の間で揺れているんだ。どちらにも適応できるし、どちらも選べる状態を維持している。だから雛子は思ったんだ。君は、庶民の社会で生きるべきなんじゃないかって」

それは俺にとって、想定外の指摘だった。

俺が、二つの社会の間で揺れている……？

「そんなことは……」

「君は雛子の前で、元同級生たちと仲睦まじくしていたんじゃないか？　そんな光景を目の当たりにしたら誰だって思うだろう。――自分は邪魔者なんじゃないかって」

「っ」

それは、反論できない。

「貴皇学院でしばらく過ごした君なら理解できるだろう？　俺たち上流階級の人間は、良くも悪くも将来を見据えて生きているんだ。家を継ぐ、起業する、役人になる、婿入りまたは嫁入りする……皆それぞれのビジョンを持っている。でも君にはそれがない。君は将来の展望を漠然としか持っていないから、周りもどこまで君のことを信じていいのか分からないんだ。ひょっとしたら君は気まぐれで俺たちの前から姿を消すかもしれない。君と雛子は、果たしてどの時点まで人生が重なっているのか……分からないんだよ」

少しずつ、琢磨さんの指摘を理解した。

これは現時点での話ではない。将来までを見据えた上での話だった。

それなら……否定できない。言われてみれば、ぐうの音も出ないほど俺は将来のことを細かく考えていなかった。静音さんの計らいによって、とあるＩＴ企業への内定は貰っているが、その企業に行くとまだ決めたわけではない。俺自身、ＩＴ業界には興味を持ちつつあるが、具体的にどういう立場になりたいかまでは決めていない。

それが、駄目だったのだろうか。

「俺たちからするとね、君の生き方は曖昧だ」

琢磨さんは告げる。

「一方の社会を選び、もう一方の社会とは決別しろ……とまでは言わない。ただね、帰らない覚悟っていうのが君からは感じられないんだ。俺の経験上、真剣に将来を見据えている人からは、例外なくその覚悟を感じる」

何も言えない俺に、琢磨さんは真剣に言った。

「自分は将来何をしたいのか、どんなふうに生きたいのか……今一度考えた方がいい」

そう言って琢磨さんは、車には戻らず何処かへ歩いて行った。

その背中を追うことも、呼び止めることもできず、俺は家の中に入る。

丁度、処置が済んだ後だったのか、医者は部屋の片隅で静音さんと話し込んでいた。

俺は部屋の中央で寝かされている雛子に近づく。

「雛子……」

「伊、月……？」

返事があるとは思わず、目を見開く。

どうやら起きたようだ。

熱によって汗ばんだその顔を見て、俺はどうしようもなくもどかしい気持ちになった。

「雛子、ごめん。俺が不安にさせてしまったか……？」

「……違う。私の、せい」

雛子は小さな声で否定した。

「私が、伊月の人生を縛っちゃったから……」

琢磨さんの言う通り、雛子が悩んでいたのは俺の生き方についてだったらしい。

雛子は夏期講習が終わった辺りから、俺の昔についてよく尋ねるようになった。その理由が今になって明らかになる。

雛子はずっと気にしていたのだ。

俺の、本来の日常を――。

「伊月が、元の日常に帰りたいなら……私はそれを尊重する」

雛子は掠れた声で言った。

それは――お世話係を辞めてもいいと言っているようなものだった。

思わず、反射的に首を横に振る。

「雛子、違うんだ。俺は縛られたなんて思っていない。俺はこれからも雛子と――」

「私のためじゃ……駄目」

雛子は微かに首を横に振った。声は小さいし、身体も少ししか動かない。しかしその目には強い意志が宿っていた。

「自分のために、考えて」

絶対にそうするべきだと、雛子は目で訴えていた。

その時、スマートフォンが震動する。

今は出なくてもいいだろうと思っていたが、

「電話……出ていいよ」

雛子が、着信に気づいて言った。

かえって気を遣わせてしまったかもしれない。俺は通話に出る。

『おお、伊月か！　同窓会の返事、あとお前だけだぞ！』

スピーカーから聞こえる声は、思ったよりも大きかった。

しまった、雛子に聞こえてしまった。同窓会への参加を保留にしている件について、別に隠しているつもりはなかったが、どこか後ろめたい気持ちになる。

「……悪い。今、ちょっと立て込んでいて」

断ろうとすると、雛子が首を横に振った。

「行って、きて」

「でも……」

「ちゃんと……伊月も、今までの日常と向き合って」

雛子は熱にうなされたまま、訥々と告げた。

「もう一度、この街の人たちと一緒に過ごして……その上で、答えを聞かせて」

◆

翌日の昼過ぎ。

結局、雛子の言葉に従うと決めた俺は、同窓会へ参加することにした。

準急列車に乗り、六駅目の都心にある駅で降りる。交通費をケチって最寄りの高校を選んだ俺にとって、自分から遠出した経験は少ない。この駅を利用したのも、イベント系の派遣バイトで電車通勤が必要になった時ぶりだった。

集合場所である改札前まで来ると、既に十人近くの男女が集まって談笑していた。

「伊月ーーっ!!　久しぶりじゃねーか！」

「ああ、久しぶり」

こちらに気づいた元クラスメイトたちが軽く手を振ってくれる。

俺は手を振り返し、皆の集まりに交ざった。

（百合も来ているのか）

普段は家の仕事で忙しい百合も、今日は参加していたようだ。目が合うと、ひらひらと手を振られる。

「よし！　全員揃ったことだし出発しようぜ！」

幹事の男子が大きな声で言った。

「焼肉は何時からだっけ？」

「七時に予約してる」

「あれ、タケちゃんは？」

「あいつバイトだから夜だけ来るってさ。シフト誰も代わってくれなくて泣いてた」

同窓会の本番は七時から始まる焼肉だ。その前に、集まれる人だけで軽く遊ばないかという提案があったので、俺はこれにも参加していた。雛子がそうしろと言ったからだ。

「というわけで、まずはカラオケな！」

「お前は音痴だから歌わなくていいぞ」

「持ち歌用意してきたから、リベンジさせてくれ！」

下らないやり取りを聞いて、俺はつい笑ってしまう。

そういえば、こんな雰囲気だったな。

貴皇学院の教室とはまた違う空気が流れていた。かつては俺もこの空気の中で過ごしていたのだ。それが随分昔の日のように思える。

（足立さんは……いないのか）

集まったメンバーの中に、足立さんはいなかった。

琢磨さんのせいで気まずい関係だったので、少しだけほっとした。結局、琢磨さんの発言が正しかったのかどうかは分からないが、静音さんの琢磨さんに対する「ずば抜けた洞察力」という評価や、百合から聞いた「足立さんが派手になっている」という変化を考えると、一概に否定もできなかった。

元クラスメイトたちとカラオケに入る。

「部屋、二つしか空いてないってさ」

「この人数なら大丈夫でしょ。適当に分かれよ」

グループを二分割して、それぞれ宛てがわれた部屋に入った。

硬い椅子に腰を下ろしながら、ふと俺は考える。

（雛子は、なんで俺を縛っていると勘違いしたんだろう……？）

そもそも、その悩み自体が間違っているのだ。

俺は今の境遇で満足している。

雛子に束縛されているなんて微塵も思っていない。俺は俺自身の意志で、お世話係を務めているのだ。過去の暮らしを犠牲にしたなんて考えていない。

そんな俺の気持ちを、上手く伝えるにはどうすればいいだろうか。

琢磨さんに言われたことを思い出す。

やはり、俺が将来のビジョンを持たなければ、雛子は安心してくれないのだろうか。

(自分のやりたいことなんて急に言われても……雛子のために、お世話係を続けたいという答えだけじゃ駄目なのか?)

今後も雛子を支え続ける。それだって将来のビジョンに変わりないだろう。

誰かのために行動するのは、そう変な話でもないはずだ。

しかし、根拠はないが……それだけでは足りない気がした。

きっと今の考えでは、雛子が納得してくれない。

「伊月もなんか歌えよ〜!」

「あ、ああ。分かった」

頭の中に渦巻く悩みを一度忘れる。

実を言うとカラオケはこれが二度目で、曲を入れる方法もうろ覚えだった。中学時代に押しが強いクラスメイトから誘われた時以来である。

辛うじて歌えそうな曲を選び、入力した。

画面の上に、俺が予約した曲のタイトルが表示される。

「古っ!」

「それ俺らが中学生の時に流行った曲じゃね⁉」

　高校生になってからはほぼバイト三昧だったので、俺が知っている歌のレパートリーは中学時代で殆ど止まっていた。

「じゃあ、アタシはこの曲にしよー！」

「あ、それ私も歌えるからデュエットにしない⁉」

　女子たちが盛り上がる中、マイクが俺に回ってきた。

　数年ぶりに人前で歌ったが、可もなく不可もない中途半端な歌唱力だったらしく、これといって特別な反応をされることはなかった。

　マイクを次の人に渡した後、俺は立ち上がる。

「ちょっとトイレ行ってくる」

「おう！」

　部屋を出て、トイレの方へ向かう。

　しかし実際はトイレに行きたいわけではなかった。

　誰もいない廊下を見つけ、一息つく。

（やばい……あんまり乗れない）

　これ以上あの場にいると、自分のせいで盛り上がりが止まってしまいそうな気がした。

悩み事はあるし、最近の歌にも詳しくないし、つまらないわけではないがどうしても皆ほど盛り上がれない状態だ。

「あれ、伊月？」

廊下の向こうから百合がやって来た。

「百合。ここで何してるんだ？」

「ドリンクバーに行く途中。ジャン負けで負けちゃったから」

百合なら別にじゃんけんで負けなくても、自分からそういう仕事を請け負いそうだ。恐らくその場の空気に合わせたのだろう。

「伊月、なんか悩みでもあるの？」

百合が訊いた。

やっぱり今の俺は、平常時には見えないらしい。

俺にとって百合は最高の相談相手と言っても過言ではない。この際だから相談に乗ってもらおうと思い、正直に告げることにする。

「実は今、此花さんの体調が悪くてな」

「え、じゃあなんで来たのよ。アンタ此花さんの側付きとして働いているんでしょ？」

「……その此花さんに、行けって言われたんだ」

百合が首を傾げた。

「その……偶には自分のために時間を使って、みたいなことを言われてな」

「ふーん。ベタベタしすぎて距離を置かれたってこと？」

「うぅ……」

「ちょ、ちょっと、そんな落ち込まなくていいじゃない」

壁に両手と額をつけて凹む俺に、百合は焦燥した。

今の俺に、その直球の言葉は効く。

「ベタベタしてたわけじゃ……ないんだが、此花さんから見れば、俺が自分のことを蔑ろにしているように感じたらしくてな」

傍から見ればベタベタしていたかもしれないが、物理的な距離の問題でないのは明らかなので適当にはぐらかす。

問題は、雛子が俺を束縛していると勘違いしたことにあった。

「俺としては、最初から自分のために時間を使ってきたつもりだったんだ。此花さんのために働くのは立場のことを考えると当然だし、ちゃんとやり甲斐だって感じている。だから別に、そんな不安を感じなくてもいいのになって……」

俺が雛子の側付き……つまり使用人として働いていることは百合も知っている。

だからてっきり同意してくれるかと思ったが、

「……此花さんのことを、とんでもないお嬢様ではなく、同い年の女の子として考えたら話も変わってくるんじゃない？」

「え……」

「此花さんだって、そういう一面はあるはずよ。知らないこともあるし……自分の感情に戸惑(とまど)うことだってあるでしょ」

まるで、実際にそんな雛子の姿を見たことがあるかのように。

百合はどこか実感のこもった表情で語る。

「そういう前提で話すなら、伊月の考え方は重たいかもね」

「重たい……？」

「だって、貴女(あなた)のために行動します！　って言い方、ちょっと仰々(ぎょうぎょう)しくない？　それって相手のためと言いつつ、その相手にプレッシャーをかけている気もするわ」

百合の言葉は、俺の頭に強い衝撃(しょうげき)を与(あた)えた。

ゆっくり、その言葉を受け入れて、俺は口を開く。

「……そうか。俺は、プレッシャーをかけていたのか」

百合の言う通りだ。

俺は純粋に雛子の助けになりたかった。けれど雛子は、俺がそういう気持ちでいることに少しずつ申し訳なさを感じたのだろう。

（ああ……そういうことか）

琢磨さんに言われたこと、雛子に言われたこと、そして今、百合に言われたこと……全ての点が線で結びついた。

雛子にも、お嬢様とは別の側面がある。それは百合に言われるまでもない、俺もよく知っていることだ。

でも俺は、それが今まで俺自身が目にしてきたものだけだと思っていた。……実は怠惰で、生活能力が皆無で、ポテチが大好きで、時折こちらが驚くほど甘えてくる少女。それが雛子のもう一つの側面だと思っていた。

しかし、違ったのだ。

正確には違ったというより、変わったのだ。

静音さんは何度も言っていた。雛子は変化していると。

だから俺の知らない別の側面が生まれていたのだ。

雛子はこの数日間で、俺が以前暮らしていた街を歩き、俺が以前関わっていた人たちと言葉を交わした。その中でまた変化したのだろう。

昔の雛子なら、きっと平気だった。

けれど、変化した今の雛子にとって——俺は重たかったのだ。

そして不安を抱(いだ)いた。今まで俺が、ずっと雛子のために行動してきたから……雛子は俺を束縛していると勘違いしてしまったのだ。

「納得した？」

「……ああ」

「まあアンタって、自分のために時間を使うのが苦手だもんね」

百合は半ば同情した様子で俺の目を見て言う。

「伊月は昔から、好きでやってるのか義務感でやってるのか、ちょっと分からないところがあるから……それで此花さんも、不安を感じたのかもしれないわね」

そう言って百合はドリンクバーの方へ向かった。

きっと百合は、誰よりも俺のことを傍で見てきた。

そんな百合の言葉は、強く俺の胸に響(ひび)く。

（好きでやっているのか、義務感でやっているのか……）

勿論(もちろん)、好きでやっているつもりだった。しかしその根拠を問われた時、俺には提示できるものが何もなかった。

思えば、いつも俺はそうだった。

雛子のために、天王寺さんのために、成香のために、百合のために……そうやって誰かのために動くことで、満足感に浸ってきた。

その代わり俺は、自分のことをよく見ていなかった。

俺は何がしたいのだろう？

俺はどこにいたいのだろう？

「……考えないとな」

雛子が何に悩んでいるのか、それをより鮮明に理解できた今、俺は「今まで通り雛子のために頑張るという答えでもいいじゃないか」という浅い考えを捨てた。

やっぱり、真剣に向き合わなければならないみたいだ。

俺の将来のビジョン……高校卒業までの三年間だけではない、卒業後も含めた、大人になった自分のビジョンを考えなくては。

部屋に戻ると、幹事の男子が俺の知らない曲を熱唱していた。

そのままテンションが落ちることなく、一時間が過ぎた頃、俺たちはカラオケを出る。

「そろそろ焼肉に行くぜ！」

「いぇーーーーい!!」

男子も女子もすっかり盛り上がっていた。

予約していたらしい宴会用の席に案内され、順番に座っていく。

「いやー、それにしても伊月と焼肉を食える日が来るとはな」

「去年の伊月だったら絶対断ってたもんなぁ」

正面に座る男子と、横に座る男子がそれぞれ笑いながら言った。

「……すまん」

「いいって！　その分、今日は思いっきり食えよ！」

汚れ一つついていない網に、次々と肉が敷き詰められていく。

炭火から立ち込める熱い空気を感じると、また雛子のことを思い出した。今頃、何をしているだろうか。ちゃんと安静にしているだろうか。

（……こういう時、何を話せばいいんだっけ）

共通の話題が思い浮かばず、俺は口を開くことができなかった。

なので、周りにいる人たちの話をさりげなく聞く。

「最近公開された、あの映画見た？」

「あ、見た見た！　今朝ニュースでもやってたよ！」

右側の女子たちは、映画の話をしていた。

「昨日、ネットの友人とずっとランク回しててさ」

「お前ほんとゲームばっかだなぁ～」

左前の男子たちは、オンラインゲームの話をしていた。

映画もゲームも最近触れていない。どちらも入れそうになかった。

というより……俺が入れそうな会話なんて、どこにもないような気がした。

「そういや伊月、こいつ遂に彼女できたんだぜ」

焼けたばかりの肉を食べながら、正面の男子が言った。

指さされた隣の男子は、分かりやすく照れる。

「一年の時からずっと欲しいって言ってたもんな」

「おう！　二年の校外学習で思い切って告白してさ。いや～、勇気出してよかったよ」

昔の話なら、俺も一緒に交ざって楽しむことができた。

恋人を作るなんて、今の俺には夢のまた夢だが、きっと自分磨きなど一生懸命頑張ったのだろう。俺は改めて「おめでとう」と伝えた。

「あ、そうだ。伊月ってもしかして、商店街にある鉄板焼きの店でも働いてたのか？」

「ああ。バイトしてたけど、なんで？」

「この前、俺ら二人でその店に食いに行ってさ。そしたら店員さんが俺たちの着ている制服を見て、君たちと同じ高校でめっちゃ働いてくれるバイトが前までいたんだよ～って嘆いてて。これもしかして伊月のことじゃね？　って俺ら思ってたんだよな」

「多分、正解だ。……時間があれば挨拶に行っとくか」

数日前に商店街を通ったから、その時に軽く顔を出しておくべきだったかもしれない。

「ていうか、俺らのことより伊月の話も聞かせろよ！」

先日恋人ができたらしい男子が、身を乗り出して言った。

「伊月って、今はもうバイトしてないのか？」

「いや。バイト……と言っていいかは分からないけど、今は住み込みで働いている。掃除とか皿洗いとか、あとは人の面倒を見るというか……」

「へぇ、ホテルマンみたいな仕事か？」

「まあ、そんな感じだ」

言われてみれば、使用人とホテルマンは近い仕事かもしれない。もっとも、俺は更に個性的な仕事をしているわけだが。

「相変わらず大変そうだな。でも貴皇学院に通ってるってことは、前と違って金には困ってないんだろ？」

「……そうだな」

貧乏性が直ったわけではないので、基本的には貯金しかしていないが。

「じゃあ色々遊びに行けるんじゃねぇの？　海外旅行とか、テーマパークとか」

「映画とかも行き放題なんじゃね？」

「服も買い放題じゃん！」

隣で話を聞いていた他の男子や女子も会話に参加してきた。

しかし俺は、ははは と苦笑して、

「いや、そうでもないな」

今までの暮らしを思い出しながら、俺は答える。

「毎日、仕事と勉強で忙しいからな。夏休みに入ってからは、偶にこうして遊べる時間もできたけど、普段は仕事以外で外出することもないし。……買い物なんて、ここ数ヶ月したことないかもしれない」

平日は勿論、休日も俺は使用人としての仕事と勉強に追われている。以前と比べて自由な時間が増えたかというと、実はそうでもない。むしろ減ったくらいだ。

夏期講習は旅行と言ってもいいかもしれないが、一番近いのは合宿という表現な気がする。軽井沢では、思い出すだけでも顔を顰めてしまうほどの難しい授業を受けた。

「そ、そうなんだな……」

「が、頑張ってるんだね……」

質問した人たちは、苦笑いしていた。

(あれ……?)

なんでそんな気まずそうな反応をされるのか、分からなかった。

別に俺は、辛いと思っているわけではないのに……。

「伊月! 俺ら、二次会でゲーセンに行くんだけど一緒にどうだ!?」

少し遠くの席に座っている男子が、よく通る声で訊いた。

まだ俺は、雛子に伝えられる答えを持っていない。

でも——今、不思議とその片鱗を感じたような気がした。

もう少し皆と一緒に過ごせば、答えが見つかるかもしれない。

「じゃあ、俺も行こうかな」

「よっしゃ! 太鼓の鉄人やろうぜ!」

男子たちが盛り上がる。

皆、俺と違って色んな遊びがすぐに思いつくようだった。

その後、焼肉を満喫した俺たちは外に出て、二次会に参加する人と帰る人で分かれた。

帰る人たちの中には百合がいた。

「百合は帰るのか？」

「ええ、そろそろ家の仕事が気になるし」

「そうか……」

少し寂しい気持ちになる。

すると百合は、からかうような表情でこちらを見た。

「なによ、一緒にいてほしいの？」

「……まあ」

「えっ」

百合が目をまん丸にして驚く。

遅れて、俺は自分が何と言ったのか自覚した。

「あ、いや、ごめん。なんか俺、変なこと言ったな……」

「め、めちゃくちゃ変なこと言ったわよ……心臓壊れるかと思った……」

顔を真っ赤にした百合が、心臓の辺りを押さえながら言った。

長年の付き合いがあるせいか、俺は百合が相手だと偶に考えていることをそのまま口にしてしまう。

「なんていうか、今は百合が近くにいてくれた方が精神的に楽というか……」

「どういう意味よそれ……」

　そう言いつつも、百合は心当たりがあるのか小さく吐息を零して告げた。

「まあ私は、伊月と似てるからね」

「似てる？」

「多分だけどアンタ今、皆とのギャップを感じてるんでしょ？　私もそれ、偶に感じることがあるもの。普段は店の仕事で忙しくて、あんまり誰かと遊べないしね」

　ギャップを感じているのは俺だけではなかったらしい。

「……百合は、今の生き方に不満を感じることはないか？」

「ないわね。私は将来、立派な料理人になりたいし。皆の話題についていけないことはあるけど、仕方ないと割り切ってるわ」

　きっぱりと百合は言い切った。

　そうか……百合は将来のビジョンを持っているのか。

　百合は俺と似ているかもしれないが、俺よりも先にいた。

　少し自信をなくす。……そんな俺を見て、百合は口を開いた。

「アンタ、この前私に言ってたわよね。両親に逃げられた後、もし此花さんと出会ってなかったら間違いなく私を頼ってたって」

「ああ……」

「あれ、結構嬉しかったわよ」

百合は少し照れながら言った。

「だから、いざという時は期待通り私が助けてあげる。……アンタは独りじゃない。その生き方をしても孤立することはないから、それだけは安心して」

そう言って百合は踵を返す。

小さな背中が遠ざかる前に――俺は思わず呼びかけた。

「百合」

「なによ」

「俺、百合がいなかったら、今まで生きてこられなかった気がする」

「急にでかい感情ぶつけないでくれる……？」

百合は困惑していた。

「でもまあ当然よ。なにせ私は――アンタのお姉さんなんだからね！」

そう言って百合は今度こそ俺の前から去った。

その言葉を聞きたかった。今まで通りの言葉を聞いて、今の自分も間違ってはいないんだと安心したかった。そんな俺の気持ちを汲み取ってくれたのだろう。

頼りになるお姉さんだ。

この先、俺がどんな結論を出したとしても、百合との繋がりだけは守りたい。……そう思った。

◆

二次会に参加するのは殆どが男子だった。俺は彼らの案内に従ってゲームセンターへ行く。そこは地元と違って、五階建ての大規模な店だった。

「伊月、へたくそだなーっ！」

「しょうがないだろ、久しぶりにやるんだから」

音ゲーからレーシングゲームまで、一通り遊ぶ。

雛子や天王寺さんたちとゲームセンターに行った時は俺が圧勝していたが、元クラスメイトの皆と遊ぶと立場が逆転した。どのゲームで対戦しても殆ど惨敗である。唯一、運要素の強いゲームだけは五分五分の勝負となった。

殆どの人は、俺と違ってこの手のゲームを遊び慣れているようだった。

それを実感すると同時に疎外感が生まれるが……。

（……大丈夫。俺は独りじゃない）

百合から告げられた言葉を思い出す。

多分、先程までは疎外感に揺さぶられて自分のスタンスに自信を持てなかった。でも今なら落ち着いて雛子の言葉と向き合える。

人と異なる生き方をするのは、きっと悪いことじゃないんだろう。

問題は、それには覚悟がいるわけで。俺にはその覚悟がないことを、琢磨さんや雛子に見抜かれているのだ。

「やっべ、汗かいてきたわ」

「俺もだ」

「ちょっと休憩しようぜ」

元クラスメイトの男子と二人で、自販機の前にあるベンチに腰を下ろす。

ホッケーが白熱しすぎたかもしれない。久々にこんな夢中になって遊んだ。

「ほれ、伊月。俺の奢りだ」

「おお……ありがとう」

スポーツドリンクを受け取り、早速飲む。

そんな俺を、男は観察するように見つめていた。

「変わったな」

「……よく言われる。姿勢がよくなったとか」

「いや、見た目じゃなくて。ぶっちゃけ話しやすくなった」

首を傾げる俺に男は続ける。

「だって伊月、前までは飲み物奢るだけでもむちゃくちゃ大袈裟に感謝してたじゃん。悪い気はしないけど、偶にやりにくいって」

「う……申し訳ない」

慣れている百合と違って、他の人に食事や飲み物を奢ってもらった時、俺はつい仰々しい態度で感謝していた。百合の時も初めの頃はそうだったと思う。

「伊月。俺ら明日も遊ぶ約束してんだけど、どうだ？」

「……悪い、明日は予定というか、勉強しなくちゃいけない」

「勉強？」

「そろそろ学校が始まるから、予習と復習をしておきたくて。……貴皇学院の授業は難しいから、そのくらいやらないとついていけないんだ」

また気まずい反応をされるかな、と思った。

しかし今度は違った。

「楽しそうだな」

元クラスメイトの男子は、どこか安心したように俺を見て言った。

予想外の反応に俺は首を傾げる。

「楽しそう？」

「ああ。だって楽しくないと、そんなに頑張れねぇだろ」

「……そう、だな。楽しいと思う」

至極真っ当な意見だった。

そうだ。俺は学院での日々を楽しく感じている。……それは間違いない。

「……最初は苦労したけどな。先生の言っていることは全部呪文みたいに聞こえるし、授業のペースも速いし。毎日、死に物狂いで勉強するしかなかった」

気づけば俺は、貴皇学院での毎日を思い出しながら語っていた。

「でも、授業の難しさ以上に驚いたのは、周りの皆が当たり前のようにそういう努力をしていたことだ。てっきり俺は、地頭が悪いせいで苦労しているんだと思ったけど、そうじゃなかった。貴皇学院の生徒は皆、地頭なんて関係なしに毎日凄く努力しているんだ」

勿論、地頭の善し悪しは存在する。けれど雛子たちの背中を見ていると、そんなのは些細な問題だと気づいた。

俺と彼女たちの間にあったのは、意識の差だった。

貴皇学院の生徒たちは皆、未来に向けて真っ直ぐ伸びた意志を宿していた。

「だから俺も、そういう人たちみたいに――」

そこまで語って、ふと俺は言葉を止める。

（…………あ）

するり、と口からこぼれ落ちそうになった言葉があった。

それを何度も何度も頭の中で反芻する。

ああ、そうか。

別に難しいことを考える必要はないんだ。

これが――俺の答えなんだ。

「伊月？」

「……いや、なんでもない」

俺は「気にしないでくれ」と首を横に振る。

「悪いな。話しやすくなったのに、付き合いは微妙なままで」

「まったくだ。でもまあ、後悔のないようにな」

恐らくこの友人は、俺が今日の同窓会で度々疎外感に苛まれていたことを察していたのだろう。俺は周りの人に恵まれている……改めてそう思った。

「よし、じゃあリベンジさせてくれ」

「お、やる気だな伊月。かかってこい」

休憩は終わり、再びゲームに熱中する。

答えは見つけた。だからもう帰ってもよかったが、今日はできるだけ遊ぼうと思った。

多分、俺が次に彼らと一緒に遊べるのは、また少し先になるだろう。皆いい人だ。大切な関係だと思う。けれどきっと顔を合わせる頻度はそこまで増えない。

俺は、自分の生きるべき場所を見つけた。

◆

「雛子！」

家に帰った俺は、ドアを閉めると同時にすぐ雛子の名を呼んだ。

その後、すぐに気づく。そういえば雛子は熱で倒れているんだった。

「ご、ごめん。声が大きすぎた」

「ん……起きてたから、別にいい」

布団の中にいる雛子が、もぞもぞと動いてこちらを振り向いた。

「あれ、静音さんは？」

「買い物……私が熱を出したから、身体にいいものを買ってくるって」

言われてみれば、玄関に静音さんの靴がなかったような気もする。

多分、直前までつきっきりで看病していて、雛子の様子が落ち着いてきたから買い出しに行ったのだろう。枕元には身体を拭くために使ったと思しきタオルが置いてあった。

ちゃんと安静にしていたようで、俺が家を出た時と比べるとだいぶ顔色がよくなっている。雛子は俺が来る前からこうして熱で寝込むことがあったらしいので、静音さんたちも看病に慣れているし、雛子自身も養生に慣れていた。

「答え、見つかった？」

「……ああ」

俺が慌てていた理由を雛子は察したらしい。

雛子の負担にならないよう、俺は落ち着いて、静かに語った。

「今日、同窓会で久しぶりにクラスメイトと会ったんだ」

この一日で、俺は何を見て何を聞いたのか。

一つ一つ丁寧に思い出して語った。

「色んな話を聞くことができたよ。映画を見に行ったとか、一緒に飯を食ったとか……当たり前だけど、皆、俺の知らないところで頻繁に遊んでいるみたいだった。カラオケに行けば俺以外の全員が流行りの曲を歌えるし、ゲームセンターに行けば皆、俺よりずっとゲームが上手い。……多分、何度も行ってるんだろうな」

雛子が沈んだ表情を浮かべた。

そういう日常を、俺から奪ってしまったと考えたのだろう。

実際、俺も彼らの姿を見て、こういう生き方もあったかもしれないと思った。そしてそれもまた幸せな生き方に違いないと思った。

「――でも、羨ましいとは思わなかったんだ」

雛子が目を丸くする。

「だって、俺は今の生活が楽しいから」

「……楽しい？」

「そうだ」

訊き返す雛子に、俺は力強く頷いた。

「俺は、今の生き方に充実を感じている。皆がやりたいことをやっているように、俺もやりたいことをやっているんだ」

その感情に気づけたのが大きかった。

もし俺が義務感だけで雛子の傍にいるなら、きっと皆のことを羨ましいと感じていたはずだ。ところが俺の心には、そういう気持ちが全く湧かなかった。

——義務感じゃない。

俺が今ここで、雛子と話しているのは決して義務じゃない。

お世話係を務めていることも、貴皇学院に通っているのも、毎日真剣に勉強しているのも、一生懸命仕事しているのも、全部——義務なんかじゃない。

好きでやっていることだ。

「俺さ、雛子と出会って、感動したんだよ」

どうして俺が、今の日常を楽しく感じているのか。

その理由を語っていく。

「貴皇学院に通って、雛子みたいな上流階級の人たちと出会って、その生き方に本気で感動した。大きな責任を背負って、それに相応しくあろうと努力する。そんな壮大な生き方をしている皆のことが、俺は好きになった」

頭の中で色んな人たちを思い浮かべていく。

旭さんも大正もそうだった。あの二人は最初から話しやすくて、でもやっぱり貴皇学院の生徒らしく真剣に将来の展望を考えている。

　俺の周りには、凄い人ばかりいた。

「だから俺も、いつの間にかそうなりたいと思っていたんだ」

　とても自然なことだと思う。

　だって、周りにあれだけ真剣に努力している人がいるのだ。

　触発されるのは当然だろう。

「最初は雛子のために頑張っていた。でも今はそれだけじゃない。……今は純粋に、俺自身の気持ちで、皆と肩を並べられるよう成長したいと思っている」

　俺の努力は能動的なものだ。

　他人や環境に強いられたものではない。

　だから楽しいのだ。やりたいことをやれているのだから。

「将来何をやりたいのか……そこまではまだ見つけられていないんだ。でも一つだけ、はっきり決めたことがある」

　それは、ひょっとしたら今ではなく、ずっと前から無意識に決めていたことだった。

　俺が無意識のうちから抱えていた、一つの目標――。

「俺は、大きな責任を背負える人間になりたい。雛子みたいに、天王寺さんみたいに、成香みたいに……」

或いは、華厳さんみたいに。

百合からも同様のものを感じている。いずれ料理人になり、店の跡を継ぐどころかチェーン店にするという野望まで持っている彼女を、俺は尊敬していた。

これは決して憧れではない。目標である。

俺は、皆のように生きたいのだ。

「そのためなら、俺は今日一緒に遊んだ友人みたいに生きられなくていい。……俺は、これからも雛子たちがいる世界で生きていきたいんだ」

俺は、雛子に束縛されているわけではない。

俺は、ちゃんと自分の意志で、この世界で生きている。

そういう思いを込めて雛子に告げた。

「……よかった」

話を聞いてくれた雛子は、その目に涙を溜めて言った。

「伊月が、いなくならなくて……よかったぁ」

心の底から安堵した様子で、雛子は笑った。

ポロポロと涙をこぼす雛子の頭を、俺はそっと撫でた。

◇

頭を撫でられながら、雛子はここ数日のことを思い出す。

自分は伊月を苦しめているのではないか？　……その不安は、自分の中で伊月の存在が大きくなるにつれて強くなっていった。

確かめることは怖かったが、これ以上胸の中で膨らむ不安を抑えるのは難しくて、雛子は勇気を振り絞って尋ねることにした。

伊月が本当にやりたいことは何なのかと――。

（本当に……よかった）

伊月に頭を撫でられながら、雛子は心の底から安堵する。

今までも何度か頭を撫でられたことがある。おんぶされて運ばれたことも、一緒に食事をしたことも、一緒にお風呂に入ったことも……色々ある。

それは全て伊月が好きでやってくれたことだった。

自分は伊月を不幸にしているわけではなかった。

（私は……伊月を、好きでいていいんだ……）

その自信を持つことができて、何より嬉しい。

（なら、もう遠慮しない……これからは、もっと勇気を出す……）

何をしたらいいかは全然分からないけど、それは追い追い考えていけばいいだろう。

優しく頭を撫でられる。その度に心地よくなる。多分、伊月は恋愛感情を持たずにこういうことをしているので少し複雑な気分でもあるが……まずはその辺りの意識改革をしてもらうよう働きかけるべきだろうか。

百合から受け取った恋のライバル宣言にもちゃんと返事をしなければならない。もはやその宣言に屈する理由もなくなった。戦いの始まりだ。

頭を撫でられる。メラリと燃えかけた闘志が、ふにゃりと溶けた。

今日くらいは……ゆっくりしてもいいだろう。

雛子は久々に安心して眠った。

◆

雛子が眠り、しばらくすると静音さんが帰ってきた。

雛子はすっかり熟睡しているが、俺たちが寝るにはまだ早い時間だ。雛子が起きないよ

う、俺は静かに勉強し、静音さんも仕事を始めた。

その時、家のドアがコンコンと叩かれる。

（ノック……？　インターホンがあるのに）

ドアの覗き穴から外を見る。

「琢磨さん？」

そこには、見知った人物が立っていた。

「琢磨様ですか？」

「はい。ちょっと出てきます」

俺は靴を履き、家の外に出た。

なんとなくだが……用があるのは、雛子でも静音さんでもなく、俺な気がした。

「やあ、伊月君。夜分遅くに失礼するよ」

何の用か分からず軽く頭を下げる。

琢磨さんは俺の顔を見て、微笑んだ。

「その様子だと、ちゃんと雛子の居場所になれたみたいだね」

「……本当に全部分かるんですね」

「ははは、そのせいでよく気味悪がられるよ」

俺の顔を見るだけで、大体状況を把握できたらしい。

正直、これは気味悪がられても仕方ない。

「少し話そうか」

そう言って琢磨さんは歩き出した。

琢磨さんの隣で歩きながら、俺は質問する。

「さっき、インターホンを鳴らさなかったのは雛子のためですか？」

「そりゃあね。寝込んでいる雛子を起こすのは申し訳ないし」

「雛子のこと、心配してるんですね」

「これでも兄だからね。当然だろう？」

そんなふうに言ってくれる琢磨さんに、俺は安心した。

雛子や静音さんから話を聞いた限りでは、色んな意味で恐ろしい印象だったが、琢磨さんは思ったよりも常識的で優しい人なんじゃないだろうか。そう思う。

「それで、君は何と言って雛子を安心させたんだい？」

「それは……」

本題は最初からそれだったのだろう。

俺は先程、雛子に伝えたことを琢磨さんに説明した。

「ふぅん……大きな責任を背負える人間になりたい、か」

琢磨さんは、俺の答えを聞いて小さく頷いた。

「まだ曖昧なビジョンだという自覚はあります。でも、俺にとってはそれだけで、どちらの社会で生きるか決めるには十分でした」

「いや、そのくらいでいいよ。むしろ俺に指摘されたからといって、すぐに具体的な進路を決められても嘘臭いし。将来の展望なんて簡単に決めていいものじゃないだろう？」

焚き付けた本人のくせに……。

胸に湧いたモヤモヤを、理性で消した。

「でも、君の場合はそれだけじゃなさそうだ」

琢磨さんは、楽しそうに言う。

「もう少し具体的な展望を見つけられたんじゃないか？」

相変わらずの洞察力だった。

この人が相手だと、誤魔化せそうにない。

「……あくまで、指針の一つとして考えている程度ですけど」

俺は、雛子にすら伝えていない決意を告げた。

「できれば、此花グループの役員になりたいです」

それは俺が答えを探していた時、不意に辿り着いた願いだった。

どんな人間になりたいのか。その問いに対して俺が真っ先に思い浮かべたのは雛子たちのような、貴皇学院で高貴に生きる皆のことだった。

その上で、将来何をしたいのか。その問いに対して俺が思い浮かべたのは……華厳さんのような大人だった。天王寺さんや成香の両親のように、現役で大きな責任を背負い、それを動かしている人たちだった。

そこまで考えた時、俺は自分が目指すべき立場をイメージしたのだ。

「っぷ、あはははは！　なかなか野心的じゃないか！」

琢磨さんは盛大に笑った。

静かな夜の街に、その笑い声が反響する。

「……笑わないでくださいよ。だから黙っていたのに」

「笑われるのは、まだまだ君に実力が足りないからだよ」

その通りだ。

今の俺が、こんな発言をしたところで恥を掻くだけなのは目に見えている。

いつか――俺は今の発言をして、相手に真顔で頷かれるような人間にならなくてはならない。

「取り敢えず、俺の前でその発言ができた勇気は認めよう。褒美として、事の顛末についてもう少し詳しく教えてあげようか」

「事の顛末？」

「此花グループの不祥事についてだよ。……役員を目指すなら、聞いて損はない」

琢磨さんが、真剣な面持ちで俺を見た。

「俺がわざわざあの屋敷に呼び出された理由は、俺と親父の間で、今回の不祥事に対するスタンスが異なったからだ」

琢磨さんは語り始める。

「グループ会社のパワハラを密告したのはね、俺なんだよ」

それは……知らなかった。

事の発端は、琢磨さんだったのか。

「コノハドリンク株式会社は半年前にうちが買収した企業だ。ところが、実はあの会社は予てより社員のパワハラ体質という問題があってね。買収の際は上手く誤魔化したようだけど、俺は社員の顔を見て、すぐにその問題が依然として残っていることを察した」

天性の洞察力。世界的に見ても稀なＥＱの持ち主。

そんな琢磨さんにとって、社員の顔色から企業の体質を窺うことは、きっと容易なことなのだろう。

「そこで俺は、この件を報道機関に伝えて大々的に発表してもらおうと思った。そうすればコノハドリンクの問題解決は勿論、グループに蔓延る他のパワハラ社員への見せしめにもなる。……ところが、親父がそれを直前で止めたんだよ。そんなことをすれば、此花グループのブランド毀損に繋がるってね」

琢磨さんの考えは一理ある。

だが俺にとっては、それ以上に華厳さんの判断が正しいように思えた。

琢磨さんのやり方は過激だ。それでは損失が多すぎると華厳さんも判断したのだろう。

「この数日、君たちがいなくなった屋敷で親父と議論を繰り広げていたけれど、最終的には数の利で負けた。俺としてはベストな手段だと思ったんだけどね」

「ベストって……」

思わず口を開いたら、琢磨さんが真っ直ぐこちらを見つめてきた。

その目に射貫かれ、俺は一瞬、自分如きが口出ししていいのか躊躇した。しかしこうして説明してくれた以上、意見を述べるくらいの権利はあるだろう。

「……此花グループのブランドが毀損されたら、従業員たちの立場も危うくなるんじゃないでしょうか」

そうなれば、本末転倒の結末になってしまうのではないだろうか。

「それは必要な犠牲というやつだ」

琢磨さんは、しれっと言った。

それのどこが問題なんだ？　とでも言わんばかりに。

「俺はさ、此花グループは一度くらい壊れちゃってもいいと思ってるんだよね」

その発言の意味を、俺はしばらく理解できなかった。

此花グループは、壊れてもいい……？

この人は、何を言っているんだ？

「うちのグループは歴史が長すぎるせいで、膿という膿がそこかしこに潜んでいるのが現状だ。だから俺はスクラップ&ビルドが必要だと思っている。……一時的にブランドを汚す覚悟がないと、抜本的な改革はできないよ。その点で俺は親父と対立しているんだ」

言っている意味は、理解できた。

だが、その考え方はやはり過激な気がした。

俺が庶民だから……企業を経営するということをよく知らないから、上手くイメージできないだけなのだろうか。

そんな俺の心情を察してか、琢磨さんは続けた。

「君も変だと感じるだろう？　どうして雛子はあんなに苦労しなくちゃいけない？」

それは、俺にも共感できる話だった。

最初からずっと思っている。どうして雛子がこんな目に――と。

「元々、此花の血筋は癖が強いんだよ。雛子は怠け者だし、俺は自己中心的。俺たちみたいな癖のある一族が、この規模のグループを掌握するには、適宜余分なものを剪定しなくちゃいけないんだ。でも親父はそれをしたがらない。だから雛子の負担も重くなっているんだよ。親父は削ぎ落とすことが苦手なんだ」

「……でも、今回こそ不祥事がありましたけど、華厳さんは今のグループを適切に運営できているんじゃないですか？」

「親父も無理しているんだよ。母さんが死んでからずっとね」

琢磨さんは、微かに視線を下げて言った。

琢磨さんは、純粋に家族のことを心配しているのだろうか。

しかし、それにしては妙な違和感がつきまとう。

「……雛子は、それを望んでいるんですか？」

雛子が琢磨さんを嫌っているのは知っているが、琢磨さんの考え方に対しても同様の気持ちなのだろうか。気になって質問した。

するとうと琢磨さんは考えながら答える。

「どうだろうね。正直、俺の展望をここまで事細かに語ったのは伊月君が初めてだし」

「え……そうなんですか？」

「ああ。だから雛子の賛同を得られるかどうかは分からないなぁ」

琢磨さんが暢気に告げる。

「ちょっと、待ってください」

その暢気さが、俺には理解できなかった。

「雛子と何も話してないのに……雛子たちの人生が左右されるような改革を、行うつもりなんですか？」

答えを聞くことが恐ろしくて、俺は慎重に尋ねる。

しかし琢磨さんは、当然のように答えた。

「ああ。だって、それで雛子が楽になるのは間違いないんだし」

その答えを聞いて、俺は理解した。

……そうか。

ようやく分かった。

この人からずっと感じていた、違和感の正体が。

雛子を気遣（きづか）ってインターホンを鳴らさなかったと知った時は、この人もなんだかんだ家族を大切にしているんだなと思った。

だが、実態は違う。

屋敷で雛子が言っていた通り、この人は自分のことしか考えていない。

この人は――家族を心配している自分のことしか考えていないんだ。

琢磨さんは、家族を大事にしているわけではない。

恐らく此花グループに対しても同様だ。琢磨さんにとって大事なのは、グループを大事に考えている自分の判断であって、グループの中で生活している人の気持ちは二の次なのだろう。……パワハラされた社員も、ひょっとしたらこんな目立つ解決法は望んでいないのではないだろうか。だとしても琢磨さんはその人の気持ちには興味がない。

だから平然とスクラップ&ビルドなんて言えるのだ。

どうしてそんな価値観なのか、なんとなく予想できる。

この人は、自分の判断が正しいという絶対の自信があるのだ。他人の心を読み取るほどの洞察力が――他の人には見えないものが見えるという体質が、そうさせている。

それは事実ではあるのだろう。

何故なら、琢磨さんのやり方でも狙い通りの改革はできる気がする。

でも、そのやり方だと俺は――。

雛子は――。

「君も、親父と同じ顔をするんだね」

琢磨さんは俺の顔を見て言った。

そこには期待も落胆もない。琢磨さんは淡々とした表情を浮かべていた。

「まあいいや。君が俺とは違うやり方を見つけてくれるなら、それでいいし」

「……どういう意味ですか」

「俺はただ、現時点で一番正しい選択をしようとしているだけなんだ。でもこの先、君が奮闘して状況を変えてくれたら、また他の選択肢が生まれるかもしれない」

現時点では、華厳さんより自分の選択が正しいのだと琢磨さんは暗に言った。

琢磨さんは客観的だった。態度だけで見ると傲慢に感じてしまうが、この人の発言は公平だ。自惚れではなく緻密な計算によって自信を持っている。

計算に入れられていないのは、俺たちの感情だけだ。

「俺の選択が嫌なら――君が他の選択肢を生むしかないね」

琢磨さんは不敵な笑みと共に告げる。

ゾワリ、と嫌な風が前方から吹き抜けたような気がした。

肌が粟立つ。自分が矮小な存在であることを、思い知らされる。

この感覚は、貫禄としか言いようがなかった。

琢磨さんの圧倒的な貫禄に、俺は当てられていた。

「しかし、伊月君が本気でうちの役員を目指すなら、もうちょっと学生の段階で実績を作っておいた方がいいね。今のままだと土俵にすら上がれないし」

琢磨さんは顎に指を添えて考え込んだ。

先程までの重圧はもうない。

頬から垂れた冷や汗が、地面に落ちた。

「理想は生徒会に入ることかな。でもあれは家柄が重視されるから、伊月君の場合は能力以前に身分がバレてしまうリスクがあるし……それに、マネジメント・ゲームにも勝たなくちゃいけないのか」

「マネジメント・ゲーム……？」

「ちょっと変わった授業があるんだよ。内容は……敢えて説明しないでおこう」

聞き覚えのない単語に首を傾げると、琢磨さんは微笑した。

「君は知らないだろう。――貴皇学院はね、二年生の二学期からが本番なんだよ」

数日後、俺は琢磨さんの言葉の意味を思い知ることになる。

高校生活の折り返し地点である、二年生の二学期。

貴皇学院は、大規模なイベントを迎えた。

エピローグ

琢磨さんが去ったことを確認した俺たちは、普段暮らしている屋敷に戻った。

「なんか、久しぶりに感じるな」

庭園から屋敷の外観を見る。

二週間も離れていないのに、懐かしい気持ちになった。

いつの間にかこの屋敷も、かつて暮らしていた家と同じように、俺の中で大切な居場所となっていたらしい。

それにしても、屋敷の風景がいつもより新鮮に見えた。

たった十日とはいえ時間が空いたからか、
或いは——俺が変わったからか。

「雛子、貴皇学院の生徒会役員ってどうやったらなれるんだ？」

屋敷の中に入りながら、俺は雛子に訊く。

「なりたいの……？」

「いや、そこまで考えてるわけじゃないが……」

俺が此花グループの役員になるなら、貴皇学院で実績を残した方がいいのは間違いないだろう。しかし、なにも琢磨さんが提示した進路を突き進めばいいわけでもない。特に琢磨さんがああいう性格だと分かった今、あの人の話を無条件に信頼はできなかった。

琢磨さんは、俺が優れた選択肢を見つけたらそれに従うと言っていた。

つまり——俺はこの先、琢磨さんと競わなければならない可能性がある。

琢磨さんより優れた案を俺は導き出さなければならない。考えるだけでなく、実行するための手段とか立場とか、そういうものも含めて競うことになるだろう。

（……分かりやすい悪人の方が、マシだったかもな）

琢磨さんは話し合いに応じるタイプだ。だから今回も華厳さんと議論を交わし、最終的には不本意そうだったが敗北を受け入れていた。

裏を返せば、あの人の意見を覆すには正攻法であの人を負かすしかない。琢磨さんは犯罪に手を染めるわけじゃないから、勝手に自滅することを期待するのは無理がある。

乗り越えるには高すぎる壁だった。その壁を越えるための踏み台として、まずは貴皇学院の生徒会を目指すという目標は悪くない気がする。

「あ、でも天王寺さんは生徒会に興味がありそうだったな」

「天王寺さん……」

天王寺さんの名を出すと、何故か雛子の表情が曇った。

「……伊月」

「ん？」

雛子は立ち止まり、目を伏せた。

しかしやがて、その小さな拳を握り締め、決意を灯した瞳でこちらを見る。

「私は……誰にも、負けないから」

雛子は顔を真っ赤に染めて告げる。

……誰に、何を負けないのだろうか？

不思議に思ったが、雛子は緊張した面持ちで踵を返した。

「それ、だけ……っ！」

そう言って雛子は立ち去る。

自分の部屋へ戻るつもりだろうか。しかし道に迷ってすぐ立ち止まった。傍にいたメイドが恥ずかしそうに立ち尽くす雛子に気づき、案内を始める。

耳まで赤く染めた雛子の背中を、俺は静音さんと一緒に呆然と見届けた。

「……雛子も生徒会に興味があるんでしょうか」

「……どうでしょうね」

◇

立ち去る雛子の背中を見て、静音はその心境を察した。

精一杯、勇気を振り絞って発言したのだろう。しかし緊張や気まずさが次第に膨れ上がって、その場を立ち去らずにはいられなかったのだろう。

（お嬢様は、完璧ではなくなったかもしれない）

まだ緊張が抜けていないのか、雛子は右手と右足を同時に出して歩き始めた。

その感情を自覚した今、雛子は今まで以上に完璧なお嬢様という体裁を維持することが難しくなるはずだ。

ひょっとしたら、周りにいる者もその変化に気づくかもしれない。

（ですが……今までで一番可憐になりました）

完璧なお嬢様と、怠惰な少女。その狭間に現れた、恋する乙女。

雛子との付き合いが長い静音だからこそ確信する。

今の雛子はかつてないほど活き活きとしており、感情が豊かで、人間らしい魅力に満ち溢れていた。

その変化は静音にとって喜ばしいことだった。

しかし同時に不安の種でもある。

「……暴走しなければいいんですけど」

これもまた、雛子のことをずっと見守ってきた静音だからこそ確信できることである。

多分、雛子は……恋愛に関してもポンコツだ。

溜息を吐きたくなる気持ちを抑え、静音は伊月の方を見た。

学院で雛子が暴走すれば、それを止められるのは伊月しかいない。

この少年はこれからも苦労するのだろう。……色んな意味で。

あとがき

坂石遊作です。

この本が出ているのは二月の頭だと思いますが、僕がこの文章を書いているのは一月の頭です。それを前提にお話を進めさせていただきます。

唐突ですが、皆さんは「クイズ正○は一年後」という番組を知っているでしょうか？　伏せ字が意味をなしていない気もしますが、僕はこの番組が好きです。

番組の内容をざっくり説明すると、元旦に今年の出来事を予想して、それを年末に答え合わせするといった感じです。今年はこの人とあの人が結婚するだろう、みたいに色んな芸人さんが予想して、年末にそのＶＴＲを見ながら答え合わせするという流れですね。

僕がこの文章を書いている今は元旦ということもあり、今年の抱負を色々と考えているわけですが、折角なのでこの番組を自分でもやってみようと思いました。

題して、クイズ正解は一ヶ月後。

本作が世に出ている頃、僕は今年の抱負をどのくらい達成できているだろうか……それを予想してみます。

自分本意のあとがきで申し訳ございません。

これがあとがきの内容に困った作家の末路です。

僕の今年の抱負は以下の通りになります。

・週に二日は外に出る。

・二週間に一日は休日を作る。

・毎日、午前中に起きる。

自分で言うのもなんですが、終わってますね。

これを抱負にしなくちゃいけない時点で、我ながらヤバいなぁと思っています。

では、それぞれ一ヶ月後はどうなっているか予想してみます。

・週に二日は外に出る。

無理だと思います。

二月ってまだ寒いですし、多分外に出ないです。食べ物がなくなって渋々外に出ることはありそうですが、僕は一度にたくさん買うので週二回も買い物には行かないです。秋頃まではジョギングもしていましたが、今は寒いので家で筋トレしかしていません。

・二週間に一日は休日を作る。

いけると思います。この巻が発売されるまであと一ヶ月。それまでの間、流石に二日くらいは休日を作れると思います。

ちなみに休日がないのは多忙というより、僕が執筆大好き人間だからです。でもインプットの時間も欲しいですし、リフレッシュのためにも休日は必要だと最近反省しました。ん？　インプットは実質休んでいない？　ちょっと何言ってるか分からないです。

・毎日、午前中に起きる。

無理だと思います。

冬は本当に布団から出られません。時期が悪いです。本当です。冬じゃなかったらギリギリいけた可能性があります。

しかし朝起きられると、めっちゃ気持ちいいんですよね……。あの爽快感を味わうためにも、この目標は今年こそ達成したいです。まずは週に一度でもいいので午前中に起きるよう努力します。週に一度なら、達成できていると思います。

今思えばこのクイズ、正解したら駄目な気がするので、僕はこれから自分で予想した結果を避けるために頑張ろうと思います。

皆さんは無事に今年の抱負を達成できそうでしょうか？

伊月たちが新年の抱負を考えるシーンもいつか書いてみたいです。五巻が夏休み終盤なので、正月のエピソードを挟めるとしたら、もうちょっと先かな……？

【謝辞】

本作の執筆を進めるにあたり、ご関係者の皆様には大変お世話になりました。担当様、雛子が経験したら面白そうな庶民イベントを、色々ご提案いただきありがとうございます。みわべさくら先生、私服姿の雛子を可愛く描いていただきありがとうございます。同じキャラを描いていただいているのに、毎巻新しい魅力を感じてとても嬉しいです。

最後に、この本を取っていただいた読者の皆様へ、最大級の感謝を。

HJ文庫 https://firecross.jp/
1064

才女のお世話 5

高嶺の花だらけな名門校で、学院一のお嬢様（生活能力皆無）を陰ながらお世話することになりました

2023年2月1日　初版発行

著者——坂石遊作

発行者—松下大介
発行所—株式会社ホビージャパン

〒151-0053
東京都渋谷区代々木2-15-8
電話　03(5304)7604（編集）
　　　03(5304)9112（営業）

印刷所——大日本印刷株式会社

装丁——coil／株式会社エストール

Printed in Japan

ISBN978-4-7986-3073-1　C0193

ファンレター、作品のご感想
お待ちしております

〒151−0053　東京都渋谷区代々木2−15−8
(株)ホビージャパン HJ文庫編集部 気付
坂石遊作 先生／みわべさくら 先生

アンケートは
Web上にて
受け付けております

https://questant.jp/q/hjbunko

- 一部対応していない端末があります。
- サイトへのアクセスにかかる通信費はご負担ください。
- 中学生以下の方は、保護者の了承を得てからご回答ください。
- ご回答頂けた方の中から抽選で毎月10名様に、HJ文庫オリジナルグッズをお贈りいたします。